GOBOOKS & SITAK GROUP©

三日月書版

三日月書版

殭屍先生的愛
100%
純天然
不含防腐劑喔!
著 胡椒椒
畫 zgyk
上
Zombie's Love is 100% pure
輕世代
FW247
三日月書版

contents

Zombie's Love is 100% pure

Zombie's Love is 100% pure

第一章

月黑風高，四周安靜得像是沒有一絲生氣般令人毛骨悚然。風拂過枝椏，吹落幾片搖搖欲墜的枯葉。此時約是夜半時分，在一座高山林間隱隱約約有簇燈光閃動，上上下下好似磷火般飄忽不定，映照出不應出現的人影窸窣蠢動著。

燈光來源是一名提著燈的少年，他半跪著全神貫注地看著地面上的一個大洞。細看之下才會發現這洞相當深，往下延伸呈漏斗狀，裡面還傳來一陣陣敲打挖刮聲。

少年不時抬起頭注意周遭動靜，緊張得渾身寒毛豎了起來。

手中的照明燈亮度調到最弱，身體以外的範圍都融在黑暗中。樹林間因為燈光搖擺而產生的影影綽綽，讓少年不禁挪著身體往洞口靠近些。

「師、師父……你好了沒啊？」少年小聲地對洞口叫道，聲音在狹長的洞穴裡來回撞擊，聚攏成的回音迴盪不絕。

洞裡的敲打聲戛然而止，接著便見到垂進洞口裡的繩子晃動起來。少年趕緊伸手將繩子拉起，下面垂著一桶剛挖起的土石，隨意倒在一旁後，又將繩子拋回洞裡。

兩分鐘後，從洞口鑽出一人。少年驚喜道：「好了嗎？」

「你以為是泡麵嗎？」那人不耐煩地說：「葉離，給我火嘴、電離子切割器……

還有面罩。」

葉離迅速放下照明燈，往旁邊堆著的器具摸索，邊問道：「師父，這墓穴還灌了鐵漿啊？」

「一層薄薄的鐵板罷了。」

枯葉落到葉離頭上，嚇得原本十足戒備的他一陣虛脫。他胡亂拍著頭，深怕是哪個索命鬼將爪子放在他頭上。

驚呼聲引起那人的目光，他掃了葉離一眼道：「安靜點。」

葉離噤聲，見那人已經準備下洞，趕緊將器具遞過去問道：「師父，下面需要戴防毒面罩？」

那人略微沉吟道：「這個墓穴已有百年，雖然前幾天就被打了洞，換氣也換得差不多了，但還是小心為上。你等一下也要戴了面罩再下來，知道嗎？」

「是，師父說得對。」葉離滿懷著無限尊敬傾慕地道。

被喚做師父的人名叫于承均，看上去大約二十七、八歲，體型高䠷削瘦，相貌俊朗，淡漠的表情讓人以為他正在做什麼日常活動，而不是半夜盜墓這種勾當。

于承均俐落地將東西掛在身上，在葉離的注視下攀著繩子滑下盜洞。盜洞相當窄小，只能將手腳緊緊扣在繩上慢慢爬下。

葉離側耳傾聽，令人膽顫心驚的刺耳切割聲持續了一會兒後，便聽到他熟悉的彈指聲，代表師父成功進入了。

這個墓穴約在地下五、六公尺處，于承均率先進入墓穴後，折了幾支螢光棒分別扔在角落，照得墓室裡一片綠瑩瑩。

這裡是墓穴的右配室，青磚砌成的空間極大，但裡頭空蕩蕩的，沒看到任何陪葬品。于承均暗啐一聲，墓室裡沒東西，最大的可能是已經被盜過了，這代表今天大概會空手而回。

這個墓穴的消息是昨天得到的。幾個居民自稱在挖香蕈時偶然發現了這個墓穴……先不論為何挖香菇會挖到地下五公尺，這一帶盜伐情況嚴重，土石鬆動之後才讓人發現地底乾坤。

得到消息後，于承均先做了調查。那些山老鼠開了大型起重機上去，加上原木的重量，便把墓穴一處壓坍了。所幸他們發現這是個墳墓，怕打擾死人安寧，不敢探究下去，直接把消息上報。

于承均的特殊身分讓他在第一時間得到消息，當晚就決定帶著工具直搗黃龍。山老鼠壓坍的地方他已先打探過，那邊是墓穴的另一個配室，初步探勘的結果也沒發現什麼值錢東西，縣政府先把地方圍起來，等待專業人士鑑定，避免有人打這個百年穴的主意。不過對於以盜墓為業的青年來說，進去的方法多不勝數。

這座山林被劃為保護區，一旦曝光後，原本猖獗的盜伐活動立刻中止，因此黃昏時于承均便光明正大進山，開始前置作業。

他用折疊式的螺紋鋼管探出整個墓穴的分布，墓穴占地雖大，不過探測結果只有一個主室和兩個配室。主室位置極深，因此他決定從配室進入。

裡頭的狀況和于承均事先設想的大相逕庭。他仔細查過這個墓穴的方位和座落之處，得出結果後，讓向來不太在意風水的他也有了一絲警戒。

不過，風水對於盜墓賊來說，只是用來分辨哪個墓地裡可能會有肥水，基本上對行動沒有太大影響。他向來不信邪，盜了幾年的墓從沒遇上怪事。

他拿出空氣指數計測一下，空氣還不至於太汙濁，甚至比尖峰時刻的市區乾淨多了。于承均試探性地拿下面罩，呼吸了幾口確認空氣狀況，然後打了個響指，示意葉離下來。

進到墓穴裡，葉離的臉又慘白了幾分。他最怕的莫過於怪力亂神之事，但又不願意放棄跟著師父的機會，只能亦步亦趨地跟著前面踏出沉穩腳步的于承均。

沒給葉離太多時間觀察，于承均便直往黑暗幽深的墓道走去。

「師父，這個墓好生奇怪。」隔著面罩，葉離的聲音聽起來有些含糊，雖然見于承均直接暴露在墓穴的空氣裡，但沒有指示，他不敢拿下面罩。

見于承均沒說話，葉離繼續道：「這麼大的一個地方，埋的想必是有錢人，不過洞挖這麼大，別說是寫他生前那些歌功頌德的字句，就連裝飾壁畫或瓷器珠寶，一件都沒看到。」

「說不定是被盜走了。」于承均輕描淡寫地說。

葉離踏了踏腳，地面隨即出現清晰的腳印。「這地是軟的，隨便掉個手電筒都會有印子，但一路走來，地上除了腳印根本沒其他痕跡。」

于承均點點頭道：「你倒是進步很多，剛開始下地時連眼睛都不敢睜呢。」

不待葉離反駁，于承均蹲下身摸摸地上厚厚一層塵土，「你可知這是什麼？」

「不就是黃土？」葉離奇怪道。

「的確是土。」于承均撮了把土起來，仔細地聞了聞，「不過裡面還有糯米和石灰，過了這麼久，早化得和土一樣了。」

「糯米和石灰？」葉離驚疑不定問道：「為什麼會有這種東西？」

于承均站起身看著葉離道：「我沒跟你說嗎？這地方的位置不太好，照理說不應該會有人將墓地選在這邊。」

「……所以用糯米和石灰改運？」

「石灰防蟲防潮，糯米防止屍變的殭屍走出去。」

葉離慘叫道：「我就知道！師父，你好歹也說個謊騙我嘛！」

于承均毫不在意地繼續往前走，一邊解說道：「這裡坐南朝北，旁邊河道下切形成的一線谷包圍住了整個開口，山勢狹長蜿蜒、斜枝側頂。這種地叫做『破面文曲』，正是民間流傳諸多養屍地中之一。」

「養、養屍?!」葉離驚愕道:「人死了還養什麼?怪不舒服的。」

「養屍的目的莫過於作祟害人。將屍身葬在養屍地,讓它吸收日月精華和土地匯聚的陰氣,可以長保屍身不化,施以咒術後就會起屍……不過,這些都是無稽之談。科學老早就破除迷信,屍身不化是因為溫度、溼度低讓屍體的分解慢了許多,起屍可能是因為附近有高壓電纜,空氣中的靜電讓屍體肌肉出現反射性的抽搐動作。」

于承均井井有條地說著,葉離卻不以為然地小聲道:「寧可信其有,不可信其無啊……」

「怎麼,你見過?」于承均問道。

葉離一臉諱莫如深道:「我雖然沒見過,但我同學他姐姐的同學的表哥有陰陽眼,聽說他法力高強,解決了很多作祟的鬼怪……」

「這不能相提而論吧?」于承均皺眉,「如果真的起屍,不用陰陽眼也能看到。」

「我的意思是,妖魔鬼怪還是殭屍吸血鬼的不是都差不多?多些防備不會吃虧的啦……不過,師父你應該完全沒做這方面的準備吧?」

「的確沒有,錢要花在刀口上,這種沒根據的說法不值得花錢。」對於葉離的未雨網繆之說，于承均相當不屑。

「之前還不是買了組用不到的菜刀……」葉離碎念道。

于承均愛錢如命，但也容易受到誘惑買了堆沒必要的商品，葉離認為他根本是個十足的冤大頭……

于承均不曉得是否聽到，舉起手上的露營用照明燈自顧自說著：

「墓穴的位置通常有兩種，最普遍的就是講究能否福蔭子孫；另一種就是非血親的埋葬，這種有極大可能是死去的人和埋葬的人是仇家，由於積怨極深，故意將屍身埋在八曜惡煞之地，禍延他的子子孫孫。但是……」

「但是這個墓地看不出來是為了哪一種目的建造的，對不對？」葉離機靈地接道。

于承均微微頷首，「若是純粹養屍，不需要這麼大的空間。看來回去後，得好好查查前朝的墓葬形式才是。費了這麼大力氣挖出這樣的空間，裡面卻寒酸得連地窖都不如……到底又是什麼樣的人葬在這裡？」

前往主墓室的甬道微微向下傾斜，走得越深就覺得周圍的氣氛和氣溫隨高度下降。

「我有不好的預感……這次是真的！」葉離畏縮道。

于承均嗤笑道：「你哪次下地沒有不好的預感？看來就是前面了。」

甬道盡頭是一道左右對開的石門，高約四公尺，寬則比葉離加上于承均伸開雙臂還寬，表面打磨得相當光滑，斑駁的顏色說明了它的材質。

「這是花崗岩。」于承均耳朵貼在門上並伸手敲了敲，「還滿厚實的。」

「……要炸嗎？」葉離擔心問道。

「只能這樣了。」

于承均放下背包，指節叩了叩門確定大概厚度，從包裡拿出幾根雷管和引信。

葉離忙不迭地背起東西往後跑，剛停下腳步就聽到于承均開口道：「再退後一些。」

于承均將炸藥用膠布貼在門中央，那裡的門縫雖然已灌入了鐵漿封起，但剛剛點了打火機之後靠過去，可以看到火苗晃動不休，長年累月的天候變化也會讓石頭產生細微縫隙。

巨大爆炸聲隨著熾熱的氣流和碎石襲捲兩人，于承均反身護住葉離，一邊瞇著眼注意爆炸是否損害了墓室的主結構。爆破是盜墓必要手段之一，但火藥分量必須拿捏得極精準，否則將墓室炸塌了，逃都來不及。

葉離也是第一次瞧見真實的爆破現場，未待塵埃落定就忙著探頭看，還一邊開玩笑似地說道：「師父，你這次失敗了，門只炸了個窟窿，還沒炸穿呢。」

「火藥再多一點，大概連門裡面的東西都要炸爛了。況且火藥不便宜，要省著點用。」于承均從容不迫地起身走向墓門，拿著鏟頭用力往門上一擊，墓門立即被砸穿個洞。葉離上前幫著將門鑿開，沒一會兒就足夠讓人鑽過去了。

兩人將手上的燈調到最亮，整個主墓室一覽無遺。

有別於方方正正的配室，主墓室挖成了圓形，拱形的頂像罩子似的，最高處約有七、八公尺高，空間極大，更顯得擺在中央唯一的棺木刺眼。對面也有個門，應該是通往另一個配室的路，不過門竟然沒關上，可以直接看到黑暗的另一邊。

于承均暗啐，早知道就冒險從另一邊下來，不僅不用挖洞，連火藥都省了。

「幹嘛要弄成圓形啊？這樣比較有設計感？」見到棺木時，葉離畏怯地停了下來，嘴上還是嘟囔不停。

「這墓室修得圓頂平底，正好呼應了天地相通之理，就養氣這點來看，的確有其助益。」

墓室正中央有個突起的石臺，棺木就擺在上面。

于承均仔細地打量，面露驚訝道：「看來，這真是個養屍棺。」

棺材是用整塊上好的木料雕刻而成，質地黝黑卻隱隱透出光華，棺蓋的接縫處細密得幾乎看不出來。

令人驚訝的是，棺蓋外面鑲嵌了一整片的陶瓷，像棺套似地將整個棺蓋包覆住。那陶瓷上的畫工極細緻，而且還是「琺瑯彩」，那是康熙以後才有的宮廷用瓷器。

以上面顏色艷麗的沒骨畫法來看，構圖和配色都像雍正時期的宮廷御用畫師鄒一桂的手筆。

于承均拿出相機，仔細地拍下照片。這棺蓋太過沉重無法攜回，他也不想破壞其完整性，先拍照回去鑑定一下，如果真的是養心殿造辦處出產的瓷器，那算得上是國寶了。

觸上冰冷的木棺，于承均心想，這種好棺也是養屍不可或缺的一環，可以維持屍身不化。看來這墓主可能是個大人物，光是弄到宮廷御用窯燒，就可見其財力之雄厚。

他心中有些興奮，這麼講究的棺，裡頭必定藏有不少好東西。

于承均從背包裡掏出手套和面罩，鄭重地戴上。在墓穴裡就算可以不用做太多準備，唯有開棺時一定要戴上這些行頭以避免和屍氣直接接觸。不少盜墓為生的人都死於染上屍毒，所以這點于承均更加小心。

葉離見他的動作，趕緊也戴上自己的手套並抱怨道：「師父，你也說這是個養屍棺，你不怕開棺後有殭屍跳出來嗎？」

于承均站起身，雙手放在棺蓋上道：「等我開了就知道了，退後。」

他使勁往前推開棺蓋，木頭間發出缺乏潤滑的難聽聲音。葉離手上緊握著折疊刀，暗忖著下次一定要帶上糯米或雞血，要是真碰上邪門東西，他還可以逞逞威風、英雄救美……

棺蓋開了一半便能清楚看到裡面的東西。棺木裡躺著一具蟲繭似的物體，外面裹著一整圈棉布，有些乾癟塌陷。

于承均吃了一驚，這包得嚴嚴實實的東西隱約看得出是個人形，奇怪的是這具屍體的姿勢，並不如一般直挺挺躺在棺木裡，而是蜷縮抱著膝。

葉離探頭，見到內部情況時忍不住大叫：「原來不是殭屍，是一具木乃伊！」

于承均接過折疊刀，在已經發黃發硬的裹屍布上劃開個小口子，下面還裹了好幾層布，全部劃開之後露出底下黑乾的屍體，「屍體變成這樣是不會變成殭屍了，養屍首重防腐，像這種只剩層硬皮的乾屍不可能起屍。」

葉離撇嘴道：「這樣還能變殭屍豈不是嚇死人？」

于承均沒說話，開始在棺材裡摸掏起來，摸了老半天，只在屍體頭下找到個羊脂白玉枕，色澤溫潤，雕刻細緻，兩端還嵌了金線飾紋。以作工和拋光來看，應是乾隆時期的宮廷玉器。

敲了敲棺材各處，也沒聽出有夾層，他略為失望地道：「唉，至少還有個玉枕。本以為挖到個寶坑了，沒想到棺材裡和墓穴一樣貧瘠。」

「師父，其他首飾之類的應該都戴在身上吧？」葉離比了比屍體，「會不會都包在布裡？要不我們把它割開看看，總歸有個壓舌的玉琀或塞肛的玉栓可撿。」

于承均瞄了他一眼。這小鬼平日對鬼怪之事相當敏感，但其他行事卻挺俐落毒辣，知道沒有古怪後，便露出一副想把棺木整個拆開的模樣。

「不了，我不想褻瀆屍體，斂屍用的玉器不撿也罷。」于承均搖頭道：「雖說會幹這行也沒什麼道德可言，最起碼盡量不要動到屍體。露在外面的，你可以儘管拿，看不到的，就別打主意了。」

葉離不以為然地想著，師父平時愛錢愛得要命，遇上這種事倒是很有道德感嘛。

「嘖，我就是想說這棺木蓋得嚴實，不如幫墓主解開身上纏得亂七八糟的爛布，讓他透透氣。說不定他一高興，就吐出值錢的東西以作報答……」

于承均將玉枕仔細包了幾層後放好，又觀察起棺木來。

「師父，你再看也不會長出香菇的。」葉離手肘撐在棺蓋上，知道他應該是看出什麼蹊蹺，但還是忍不住貧嘴一番：「這棺木哪裡奇怪，我怎麼看不出來？」

于承均示意葉離抬另一邊，兩人合力將棺蓋翻了過來。

「棺材上沒有任何文字或圖案說明墓主的身分。」于承均奇怪道：「而且我從沒看過墓葬時會把死者這樣裹得不見天日。」

「……可能是這傢伙長得三頭六臂、奇醜無比，怕被人知道身分，所以……」葉離興致勃勃地猜測著。

于承均思忖道：「看來這人來頭不小，既要將他埋在養屍地、又怕別人知曉他的身分，只能說埋他的人應該另有打算。」

「管他怎麼打算，現在還不就是具乾屍？拿來當柴火燒都嫌——」

葉離兀喋喋不休時，于承均突然臉色大變，扯著他往地上倒。

還未落地，就聽到凌厲的爆炸震盪了墓室裡死沉的空氣。

葉離被甩在地上，顧不得渾身疼痛，驚慌問道：「那是槍聲?!」

于承均暗自咬牙。適才將全副精神放在搜尋上，竟沒注意到另一邊有人走來。之前也遇過同業，不過大家向來井水不犯河水，晚到的摸摸鼻子等人家淘完後再來撿遺漏，要不就是厚著臉皮要求分一杯羹。明顯來者不善、什麼都沒問就先放一槍的倒是從沒見過。

于承均伏低身子，兩人藉著棺木暫時阻擋了攻擊。他從背包底拿出從來沒派上用場的左輪手槍，拉開保險對空鳴槍，目的是讓對方知道自己並非手無寸鐵，若是要拚個你死我活，對方少不了也要拉上幾人陪葬。

那群人相當謹慎，見對方有槍，也退到了甬道裡。不過他們遲早會知道于承均只是虛張聲勢……

「看來……是遇上同行了。」于承均微微扯起嘴角道。

雖然只是匆匆瞄到，但看統一穿著黑色服飾且持有武器，應該是有計畫的集團。敵我實力懸殊，當務之急只能想辦法脫身，就算拚上性命也得保護小鬼周全，人是他帶下來的，自然有義務讓他毫髮無傷地回家。

葉離鼻端敏銳地聞到一絲血腥味，轉頭只見于承均面色蒼白，左手不靈活地拿著槍……等等，師父是右撇子的！他死命盯著于承均的右臂，視線緩緩下移，不意外地看見鮮紅的血從袖口蜿蜒流下，順著手掌匯聚到指尖然後滴下。

由於于承均穿著全黑，流的血也被衣物吸收了，一時沒察覺他已經受傷。

「擦傷而已，不礙事。」于承均看見葉離陰晴不定的臉，開口安慰道。

葉離愣了下，才趕緊拿了手帕捂著于承均的傷口。

動作大了點，于承均悶哼一聲苦笑道：「不用這麼用力也可以止血。」

葉離沒理他，翻出條細尼龍繩就著手帕綁住傷口。

「聽著，」于承均俯下身湊著葉離的耳朵道：「我們現在的武器只剩下我手裡這把槍和剛剛落在墓道裡的一些火藥。現下我是跑不動了，必須要讓你犯險才行。」

葉離堅定道：「師父，要我背著你衝出去都行。」

「就你這身材可背不動我。」于承均低聲道：「從這到石門那約莫二十公尺，等會兒我掩護你，你只管往外跑，拿了火藥扔給我，我要把他們炸回姥姥家。」

葉離噗一聲笑出來，想不到不愛說笑的師父說起粗話還滿有一回事的。他斂起笑容深吸一口氣，道：「沒問題。」

于承均填好子彈，慶幸自己平日沒荒廢了槍的保養，否則放了這麼多年沒用的槍一定會卡彈，更甚者可能膛炸，連自己都陪葬。

于承均猛地翻身站起，叫道：「快跑！」起身同時，他便開始開槍。槍膛裡六顆子彈，射完後就必須重新裝填，得要撐到葉離跑進甬道裡才行。

石門裡那幾個人藉著掩護也伸出手發了幾槍，只不過子彈都打在了極遠處。

于承均身體一晃，連忙攀住棺木邊緣。從衣袖破洞處可以看見剛綁好的傷口正汩汩地滲血，順著手腕流到棺材裡。右手虛軟無力，因失血而開始有些麻痺。

這時葉離已經順利跑進甬道裡，環視一圈沒看到于承均所說的包，焦急大喊：「師父！東西在哪？」

于承均手中六發子彈已然擊完，蹲下身拿出剩餘子彈裝填，邊道：「什麼東西？剛剛炸門時早用完了，你也別廢話，趕緊離開，我來拖住他們。」

語音剛落，另一邊便開始反擊了。對方聽到對話就知道他們身上沒有太多武器，待于承均彈盡援絕就沒戲唱了，幾人就著掩護慢慢逼近，槍聲此起彼落中，青年根本無法起身。

葉離眼見師父陷入死地，心一橫大叫道：「你這渾蛋！反正你死了我也沒其他地方可去，乾脆跟他們拚了！」

于承均反手開了幾槍，沉聲喝道：「快走！我自己應付得來，你只會礙手礙腳，要是真想看我死在這裡，你就繼續待著！」

葉離只覺得怒不可遏，這種老套臺詞也想拿來敷衍他。正待開口時，只見一人已經繞到棺木旁，槍口直指看向另一方的于承均！

「後面！」不管三七二十一，葉離跳出甬道淒厲的大喊。

于承均大吃一驚，知道後面有埋伏，但自己閃躲的速度不可能快過子彈。

千鈞一髮之際，他閉上眼，腦中也只剩下一個念頭：多行不義必自斃，自己以盜墓維生，終究要死在這裡……

槍響聲戛然而止，墓室裡陷入死寂。

于承均睜開眼，首先看見的是原本驚慌跑向他的葉離佇立原地，嘴張得老大，表情帶著極度的恐懼和無措。

這時，于承均才注意到有個奇怪的聲音從背後傳來，那是一種緩慢而搔得人心癢癢的吱呀聲。

那聲音幾乎就貼在背後，而于承均還記得，他現在應該是背靠著棺材……

他一轉頭，只見有隻纏滿白布的手抓著欲對他開槍之人的手腕，看起來力道極大，那人竟動彈不得，整個身體癱軟著，臉孔不知是因疼痛還是恐懼而扭曲著。

那隻手纏著的白布因年代久遠而發黃乾硬，隨著主人的動作而掀開，露出下方包覆著的黑乾粗硬的皮膚。

應該不可能起屍的乾屍，正站在棺木裡，掐著另一名男人。

于承均瞬間的想法是這棺材裡原來有古怪，所幸自己剛剛在裡面掏挖了半天沒碰著，但隨即就看出殭屍身上沒有任何彈簧或發條等機關。

殭屍手緩緩舉起，被他抓著的人發出如殺豬般的淒厲叫聲：「救命啊！救我啊！」另一邊的同伴舉著槍卻遲遲無法攻擊，不知道是同伴在怪物的手上的關係還是因為害怕而動彈不得。

猛地，殭屍抬手一甩，那人直直飛了出去，以完美的曲球弧度砸在那群人中。幾個沒被壓到的拿起槍就胡亂掃射，大部分子彈都越過了殭屍往後飛去。

于承均趴低身子，一邊注意著上頭動靜。只見子彈一顆顆地打在殭屍身上，就像泥牛入海，一下子就無影無蹤。

葉離連忙伏低身子，一顆子彈堪堪擦過衣襬，撞在地面擊起幾片碎石，在這槍林彈雨中他只能抱頭縮著。

于承均顧不得身後的殭屍是否等一下就拿他開刀，目前看來那些子彈比殭屍更有攻擊性。現在正是逃跑的最好時機，趁那些人的目標放在殭屍身上時，于承均將東西全背在身後，希望那些鐽子、十字鍬和其他昂貴的器具能擋下一些不長眼的子彈。

他直奔葉離身旁，蹲下身就要拉他，只見葉離臉色蒼白道：「師、師父，我腿軟走不動了，你快走吧。」

于承均背上一痛，感覺到子彈打在什麼東西上面，雖然沒直接打到他，但衝擊力還是很大。他心下悔恨不已，幹了這麼多年，從沒遇過的麻煩事在一個晚上全來了，如果自己一人就罷了，總不能讓小鬼把命也賠掉。

心念至此，他拉起癱軟在地上的葉離，就算當人肉盾牌也要保葉離平安離開。只見被拉起的葉離眼神驚愕地看著他身後。于承均回頭一看，見那殭屍已經踏出棺材，正僵硬地彎腰撿起掉在地上的棺蓋。

那沉重的棺蓋被殭屍高舉過頭，連于承均也不禁駭然，這殭屍的力氣極大，要徒手把人撕開大概都不成問題。他正想著那奇怪舉動代表什麼時，那殭屍竟然舉著棺蓋，連膝蓋都沒有彎曲，以極其詭異的姿勢一下子就彈到于承均面前。

……看來殭屍雖然沒有理智，但還是懂得挑軟柿子啃。于承均心中苦笑，邊悄悄舉起手槍，槍膛裡剩下一顆子彈，還可以在遭到這殭屍毒手之前先送葉離上路，至少他有把握不會讓少年感到一絲痛苦。

不過那殭屍並未如想像般將棺蓋砸在他們身上，而是一個轉身，將棺蓋立在地上。兩人被籠罩在棺蓋形成的巨大陰影下，連那殭屍也被籠罩其中，子彈打在棺蓋上，發出陣陣碎裂的聲音。

殭屍微微低頭，雖然看不見五官，但于承均可以感覺到殭屍正看著他。殭屍喉間發出了粗啞難聽的聲音，混沌不清。

于承均像著魔似地盯著殭屍的臉，臉上的布似乎被子彈打穿了幾個洞，從那洞中，他看到了一閃而逝的光芒，是種讓人目眩神迷、華麗豐潤的金色。他無暇思考那是否為殭屍身上佩戴的陪葬品，心中突然冒出個荒謬的念頭，難道這殭屍……

情況已不容許他細想。于承均猛地抬頭，向殭屍微微一頷首，就拖著葉離回頭往剛進來的甬道走去。葉離睜大雙眼，目不轉睛地瞪著那殭屍看，深怕他突然暴衝過來。于承均卻毫不在乎，自顧自拖著葉離。

「不用怕。」于承均突然道。

葉離一愣，對於師父說的話完全摸不著頭緒。

「那殭屍……是在幫我們。」

葉離眼珠子一轉，心中疑惑著。如果不是剛剛那短暫的視線交流讓師父和殭屍心靈相通，唯一可能就是師父精神錯亂了……這聽起來很有可能，一向不信邪的師父一定是親眼看到殭屍，打擊太大導致失常。

不過，接下來的情況驗證了于承均的說法。殭屍隨著于承均的腳步扶著棺蓋慢慢後退，沒讓半顆子彈打在他們身上。直至退到甬道裡，殭屍也笨拙地鑽了過來，拿棺蓋蓋住了石門上的洞口，將攻勢猛烈的彈雨擋了下來。

葉離再也撐不住、氣喘吁吁坐倒在地，于承均則疲憊地靠在鋪了青磚的洞壁邊，心痛如絞。那些不識貨的傢伙竟然對著棺蓋開槍，這棺蓋價值連城啊！要不是怕被抓到盜竊國寶，他拚死都想將它搬回去。

心疼完棺蓋後，于承均才想起現在似乎不適合思考這事。他看向殭屍，心裡咕噥著它竟然拿棺蓋去擋子彈，邊琢磨著它的企圖。

但殭屍只是低垂著頭直挺挺站著，彷佛完成任務後就石化了般。

葉離搖搖晃晃站起，抽出十字鍬橫在胸前，拉了拉于承均的衣袖道：「師父，咱們快走，要不然等它凶性大發，我們就完了。」

「抱歉，小徒失禮了。」于承均思考了半晌，站直身體對那殭屍道：「大恩不言謝，我們也不會久留打擾你的安寧。日後若是需要幫忙……只要不是借錢，在下必定肝腦塗地、在所不惜。」

于承均對這方面無涉獵，不確定殭屍的溝通方式為何，倒是葉離聽了大叫起來：「別跟它說這麼多，趁它現在還沒完全清醒，乾脆就地解決它！」

那殭屍似乎對葉離的敵意起了反應，忽地抬起頭，卻是看向于承均。

于承均也回看它，對望了一陣子，那殭屍突然僵直地往前倒了下來。于承均反射性地伸手接住，沒想到那只剩一層皮包骨的殭屍竟比想像中的重，那骨架即使隔著幾層布也能感覺到硬得硌人，扯動他的傷口，又是一陣劇痛。

……莫不是體力消耗過大所以暈倒了？于承均思索著。

葉離嚇得臉色發白，叫道：「師父，你快放開它，要是它咬你一口就慘了，你也會變殭屍的！」

于承均嘆道：「它要是想做什麼，憑剛剛所有在場的人都無法制服它，沒道理把我們引來這裡才出手。更何況被殭屍咬到只可能染上屍毒，不會變成——」

話說一半，于承均眼角餘光掃到個顏色艷麗的東西，仔細一瞧，原來是殭屍身側染上血跡，鮮紅色的顯然是剛剛沾上。難道它也受了槍傷？

「幫我扶著它。」于承均說著就要把殭屍交過去。

葉離急忙退了兩步道：「幹嘛接著它？扔地上就行了。」

「我要帶它回去。」于承均有些興奮地說，「這東西很有學術研究價值，說不定可以賣個好價錢。」

葉離翻了翻白眼。早就知道師父愛錢，倒沒想到他竟然將主意打到殭屍頭上去了。

「拜託，這東西像乾柴一樣，有什麼好研究的？」

于承均沒說話，只是看著他，眼神就像在說：此事我已決定，旁人不容置喙。

被于承均這樣淡如水的目光盯著看，葉離心中一蕩，臉也開始發燙。為了掩飾自己的窘迫，他轉過頭暴躁地說：「隨便啦，你開心就好！不過先把它綁起來，也別指望我碰這傢伙，一想到它，我渾身都起雞皮疙瘩了！」

于承均暗嘆口氣。葉離的喜怒無常一直讓他很煩惱，高興時師父前師父後地甜叫，不高興時又這樣沒大沒小……

他從包裡取出尼龍繩，結結實實地將那殭屍捆了好幾圈後馱在背上。這一連串動作牽動傷口，痛得他冷汗直流。葉離眼見如此，雖不想碰那殭屍卻更捨不得于承均痛苦，冷哼一聲，從于承均身上奪過那殭屍，逕自就往前走。

那殭屍身形比葉離高出不少，半背半拖的背影看起來相當滑稽，還不時可以聽到葉離碎念道：「還不就幾根爛骨頭，乾脆打散了也方便攜帶……」

Zombie's Love is 100% pure

第二章

他們開來的小貨車就停在盜洞附近，確認沒有其他人後，將殭屍塞入車廂便迅速驅車離去。回到位於市區的家中，葉離心不甘情不願地拖著殭屍上了四樓，然後粗魯地把它扔在地上。

將傷口處理過後，看著那殭屍一動也不動，于承均俯下身觀察起它的生命跡象。沒有呼吸聲、也沒有心跳和脈搏，讓他幾乎以為剛剛在墓穴裡救了他們的是其他東西，而不是這具看起來毫無生命氣息的乾屍。

葉離也湊近看，然後嗤道：「看來這傢伙是死了，如果真是殭屍也得跳起來嚇嚇人……所以我早說不要白費力氣拖著它回來，現在還得想辦法處理掉，要是不小心被發現，我們都要去吃牢飯了。」

于承均逕自檢查著乾屍，剪開了沾著血跡的布也沒見到傷口……應該說要在這種粗硬皮上留下傷口也不容易。乾屍身上的血，大概是自己靠著棺材時流下去沾到的。

他小心翼翼地從中央軀幹部分剪開裹屍布，避免年代已久的布料和屍體發生沾黏，要是破壞了屍體或陪葬品就糟了。

裹屍布完全攤開後，露出下方保存良好的衣物和屍體部分。

黑乎乎像乾柴般的軀體，粗硬的黑皮包覆著骨頭，皮下組織完全沒了。不顧葉離的抗議，于承均還是撕開了布，露出了猙獰的殭屍臉，雖然民間有個迷信說法，見到已下葬屍體的臉會沖煞，但從不相信運勢之說的于承均認為，只要不影響事業賺錢，其他的讓子孫承擔就行。

乾屍的眼眶、鼻子及臉頰皆凹陷，不過牙齦部分竟還未完全萎縮，支撐著乾屍嘴裡一口整齊的白牙，看起來極為詭異。

「……這屍體竟然還在分解中！」于承均戴著手套，輕手輕腳地打開乾屍的嘴巴。某些部位看起來有些濕黏，組織還未完全分解，更讓人驚訝的是乾屍身著的壽衣，黑色蟒袍看起來質料極好，作工也很精細，袍邊滾上了鎏金雲紋，胸口及背後的石青色圓形補服繡著五爪金龍，肩上也繡了栩栩如生的兩條行龍。

滾落一旁的朝冠更是所費不貲，竟是皇親國戚的制式。上方是二層金龍，綴了十顆珠子，最頂端鑲了顆紅寶石；頂戴主體是石青片金緣二層，紅紗綢裡，上綴硃緯；帽子前方的捨林鑲了五顆珠子，後方的金花也鑲了四顆。

于承均暗自咋舌，這乾屍生前必定是生在大戶人家，死後才能搞個這麼氣勢十足的壽衣。

「嗯……」于承均指示一臉欲作嘔的葉離拍照，自己則趴下來端詳乾屍，「男性，年齡不詳，推估生前身高約一百八十二至一百八十八公分之間……」

「哇，還真是個大個子！」葉離又嫉又羨，身高向來是他最自卑的點，「雖然在現代不算什麼，但在那年代能長這麼高，走在人群中想必很有鶴立雞群的感覺吧。」

「它分解不完全，我也無法推測出真正身高，可能更高，也可能更矮。」于承均目不轉睛地看著乾屍，「身上沒有外傷，應為自然死亡……奇怪的是，它身上一根毛髮也沒有。」

「噗，原來是個禿驢。」葉離幸災樂禍道。

最在意的陪葬品部分，于承均在殭屍身上摸了個遍，它身上除了衣服外什麼都沒有，那麼自己在墓裡看到的大概只是錯覺。

身上既沒陪葬品，年代也不夠久，清朝的墓隨便挖都能找到，唯一的賣點就是會動，只不過現在看起來就跟普通乾屍沒兩樣……看來這次只能認栽了。

于承均大嘆，然後將裹屍布纏了回去並細細縫起。

「我想還是先讓它留在這。」于承均想了半晌之後道。

「……什麼？」葉離不可置信問。

于承均思忖道：「我師父……就是你師公年輕時據說挖過不少殭屍，而竟然讓我在有生之年也遇上了。我要請他老人家來瞧瞧，看他有沒有辦法讓這乾屍再動起來，會動的殭屍必定很值錢。」

葉離不滿道：「那老傢……師公他也差不多一隻腳踏進棺材裡了，看他那滿臉皺紋，說不定還是跟這殭屍系出同源，到時候家裡就有兩隻活殭屍了……」

于承均戲謔道：「你要是害怕跟它共處一室，要不要先去樓下房東那裡住幾天？」

葉離頓時炸毛：「誰跟你說我害怕？只是覺得噁心而已！你想想，這殭屍又破又髒，擺在那感覺就會流出什麼東西的樣子，臭死了！」

「……也是，一具屍體擺在家裡似乎不太好，得找個地方放起來……」

聽聞于承均的話，葉離眼珠滴溜一轉，轉過頭若無其事盤算著：兩人住的公寓不大，硬是劃成了兩房兩廳，空間狹小，能放這乾屍的地方大概也只有兩人的房間，當成停屍間後，房間主人勢必要另覓地方睡才行。

葉離輕咳兩聲，裝出壯士斷腕的樣子：「算了，就放我房裡好了，我可以睡客廳。」

于承均微微蹙眉：「怎麼能讓你睡客廳？要也是放我房裡。」

「然後讓師父你睡客廳？」葉離咄咄逼人問道：「現在天冷，我擔心您老人家著涼。我年輕力壯，睡客廳幾天也無妨。」

于承均有些感慨，葉離終於也長大了，懂得尊師重道，雖然他並不認為自己已到了被稱為「老人家」的年紀。

「我想，你來跟我擠一擠湊合一下？我的房間比較大，再多睡一人也可以。」

葉離幾乎要奸笑出聲了，連忙假裝咳嗽掩飾：「那就這樣吧。」

詭計得逞，葉離心情大好，興沖沖地搬起地上躺著的乾屍就要往自己房裡去。于承均幫著抬腳，瞥見旁邊那個巨大擋路的東西。

「等等！」于承均走向廚房，量了量冰箱的長度，再看看乾屍。「反正冰箱也沒用，乾脆塞這就好。」

葉離傻眼，結巴道：「這、這也太……太小了吧？」

「勉強湊合湊合，我想這位仁兄會諒解的。」

于承均打開冰箱，將中間隔層全拉了出來。這大冰箱是于承均的師父留下的，但住在這裡的兩個男人根本用不著，想拿去丟也麻煩，冰箱比門還要大上寸許，幾乎要搆著低矮的天花板。最後索性當置物櫃用，眼不見為淨，經過時側身走過去就行。

將冰箱裡東西清出來後，于承均將乾屍塞了進去，由於長度稍嫌不足，還將那乾屍的手腳左扭右拐，折騰了一陣子才大功告成。

「接下來，就等你師公來再決定要怎麼處置了。」于承均關上冰箱道。為了讓葉離放心，還在冰箱外用鐵鍊緊緊繞了幾圈並鎖上。

葉離不置可否地哼了一聲，順帶踢了冰箱一腳。

當晚于承均就連繫上了高齡近百歲的師父，只是他老人家正好在搭豪華郵輪環球，回來還要等上一段時日。

二人一屍相安無事地過了幾天，于承均漸漸忘了這回事，忙於自己的工作中。只有葉離還為了不能和師父同房而心懷怨恨，有事沒事就朝著冰箱踹個兩下出氣。

一天晚上正值夜深人靜之時，葉離打魔獸打到口乾舌燥，躡手躡腳地走到廚房喝水。牛飲完後正要回房，忽地聽見個沉悶的聲音，心叫糟糕，于承均幾番告誡他要早點睡，省得浪費電，這下準會挨那個小氣鬼一頓刮……但回頭一看，卻沒見到半個人影。

他正想著大概是剛剛戴著耳機打太久導致有些耳鳴，就又聽見相同的聲音。這次他聽得相當清楚，是從冰箱傳出的。

冰箱內部發出串沉重而倉促的敲擊聲，就像是有人在裡面掙扎著要出來似的……

葉離踉踉蹌蹌倒退幾步，踢倒了放在地上的銅製水壺。「匡啷」的聲響嚇得葉離拔腿就跑，一回頭就撞上出來探看情況的于承均。

「師、師父……」葉離以氣音說道：「那傢伙似乎要出來了。」

「嗯？」于承均剛被吵醒，睜著惺忪睡眼，意識尚不是很清楚。

葉離也明白師父的毛病，不過現在有人在一旁，底氣也比剛才強了些，他打開櫥櫃抽出菜刀，打定主意要是那殭屍掙脫出來，無論如何先捅它幾刀再說。

冰箱持續搖晃，敲擊聲絡繹不絕，但那殭屍卻遲遲未出來，搞得葉離背上全是冷汗、絲毫不敢鬆懈。

「應該是那鐵鍊鎖著它出不來吧？」于承均忽地冒出一句，「幫我拿鑰匙來。」

葉離愣了下，隨即罵道：「師父，你不是未老先衰吧？還想把它放出來？趁現在還有東西制著它，我去附近收驚的地方看看，弄條狗血還是雞血牛血的繩子來，聽說要這樣把殭屍綁起來再放火燒才能殺了它。」

「我想大概是我們鎖著它，所以它不高興了。畢竟是搖錢樹，我們鎖著它本就不是該有的待客之道，現在它醒了，就該放它出來好好賠罪才是。」于承均轉回房間拿鑰匙。

葉離心知無法阻止利欲薰心又沒危機意識的師父，自己要是貿然動手可能會惹他不悅，但師父的安危是他唯一在乎的事……葉離一咬牙，從冰箱旁的背包裡摸出槍管藏在袖子裡，雖然對那殭屍沒用，總歸心裡舒坦些。

于承均拿著鑰匙施施從房間走出，開鎖時還一邊諄諄囑咐葉離，等會兒千萬不可對搖錢樹失禮，自己心裡倒是很興奮，能夠再次看到個死了百年的屍體動起來，應該不是一般人能遇到的。

他向來是眼見為憑，之前不相信是因為沒見過，而上次親眼看到殭屍，著實在他人生中投下了震撼彈。這幾天他埋首於民間傳說的研究，關於殭屍的傳說莫衷一是，卻沒有任何實證可以支持那些說法。

現在有一隻會動的殭屍在眼前，于承均甚至可以想像它帶來的收入有多豐厚了。解下鐵鍊交給站在身後的葉離，于承均吸了口氣平撫躁動的心跳，伸手打開了冰箱。就在這瞬間，一團東西從冰箱裡衝了出來，直撲在于承均身上，力道極大，他一時沒撐住便順勢往後倒。

本來葉離一看到那乾屍就想掏槍，但他站在于承均身後正好被壓住，兩人跌作一團。于承均對於這未知的東西也有些忌憚，手忙腳亂之際推開了跌在身上的乾屍。

師徒倆慌張站起，見那乾屍動也不動倒在地上，一時間都不曉得該採取什麼行動。于承均權衡了會兒，拿了剪刀開始剪起包裹在屍體外的白布。布裹得很厚實，層層疊疊纏了好幾圈，但畢竟年代已久，結構脆弱許多，剪了個開口之後，于承均便兩手使勁一扯。

隨著清脆的裂帛聲，那布團下隱藏的東西終於現出真面目。

「哇——」葉離怪叫，「我等會兒八成會做惡夢！」

那乾屍依然被粗黑硬皮包裹著，露出的下半張臉看起來如同想像中詭異，躺在地上一動也不動。

葉離探頭看了看，奇怪地問道：「師父，這殭屍看起來……長大了？」

于承均看了看乾屍明顯「成長」的身體，已不復之前乾瘦的模樣。他回想起適才乾屍壓在身上的時候，只覺得觸手冰冷卻結實，像是摸到人體，重量也遠比當初搬回來時沉得多了……莫不是屋裡濕氣太重，讓殭屍吸水吸得發脹了？

殭屍的胸膛看不出起伏，于承均大著膽子，緩緩將手伸向乾屍的脖子想探它脈搏。剛觸上冰冷的皮膚，那乾屍突然抽動一下。葉離嚇得大叫。

「師父，別再管它了！」葉離抓著于承均的衣襬焦急地道：「我有不好的預感！不如拿汽油將它燒了……」

于承均沒理會葉離，只是看著自己的手「咦」了一聲，「這是……」

他看著黏在手上的一小塊黑色皮屑，心想這大概是那乾屍代謝下來的角質……

目光轉回殭屍身上，于承均確認了黏在自己手上的東西的確是乾屍的皮。適才他觸摸過的地方，黑色的皮剝落，露出下方白色的一塊。

葉離一臉噁心，驚詫道：「它……它脫皮了？」

于承均湊近，仔細觀看那脫了皮的地方。

忽地，那殭屍抽了幾抽，迅雷不及掩耳地伸手抓住了于承均的臂膀。

葉離見狀，慌忙掏出放在褲袋裡的槍，對著殭屍就扣下板機。不過並未如他想像地在殭屍身上打了個洞，槍枝毫無動靜。

于承均用空出的另一隻手拿下葉離手中的槍，輕描淡寫道：「保險栓沒拉，子彈怎麼會擊發？別輕舉妄動，它應該沒有惡意。」

葉離瞪眼看著殭屍，只見它一手抓著于承均，喉間咕嚕作響，似乎想說些什麼。

猛地，殭屍另一隻手伸到自己臉上，摸了摸之後就開始亂抓亂扒。師徒兩人大吃一驚，于承均連忙想阻止殭屍的自殘行為，否則它那張臉可能會更可怕。

無奈殭屍抓著他的力氣太大，于承均根本無法動彈，只能眼睜睜地看著殭屍臉上的黑皮被它一片片抓了下來……殭屍將還覆在頭上的裹屍布用力扯了下來，原本戴著的頂戴也滾落地上，殭屍似乎筋疲力盡了，躺在地上沒了聲息。

師徒倆目瞪口呆地看著殭屍。于承均設想過很多可能性，可能是一張青面獠牙、符合民間說法的臉，也可能是乾枯得難以分辨五官的臉，從沒想過布面下會是……散亂的金髮掩著殭屍的臉，流洩著的光芒閃耀奪目。

先回過神的是葉離，他乾笑兩聲，彷佛像催眠自己般地說：「原來古代就流行染金髮了？染、染得真不錯……」

于承均憶起當初在墓穴中看到的、蠱惑人心的金色光芒，原來並不是陪葬品。他伸出手，撥開了覆蓋在殭屍臉上的柔軟金髮，底下是一張蒼白的臉孔。白皙的皮膚、精緻深邃的五官，說明了這殭屍是個……

「老……老外?!」葉離大驚小怪地叫道，表現得像是看到外星人一樣。

于承均也相當驚訝，想不到在那座百年墓裡躺著的，竟是這麼一號人物。更讓他在意的是，之前明明確認過殭屍的情況，應該是一具徹底的乾屍，但這個……東西，看起來卻是個活生生的人。

于承均仔細地觀察著殭屍的動作，看著那殭屍茫然的眼神似乎漸漸聚焦起來，淺藍的眼珠子轉了一圈後，與他四目相接……

那殭屍眨眨眼，張口發出了幾個粗啞乾澀的音節，聽起來就像是太久未說話一樣。他狀似吞了幾口唾沫，緩緩說道：「恩……公……」

這短短兩字說得字正腔圓，讓于承均霎時一愣：怎麼不是英文？

「恩公。」殭屍抓著于承均又叫了一聲，表情相當急切。

「你……要找你恩公？」于承均嘗試問著。

殭屍搖搖頭，目不轉睛地盯著于承均。

「你的意思是，我是你的恩公？」

殭屍點頭。

「這話怎麼說？」于承均奇道。

「你……我……」那殭屍開口，聲音難聽得像是拿銼刀磨玻璃似的。

于承均忙阻止他：「沒關係，你可以慢慢說。」

殭屍感激地看著他，然後搖搖晃晃地試圖站起，但身上那層裹屍布限制了他的行動。于承均二話不說，拿起剪刀將發黃乾硬的布一層層剪開。

裹屍布掉在地上的同時，殭屍的一頭金髮也披散下來。這時才看出他身材相當修長挺拔，跟當初預估的身高差不多，配上那毫無瑕疵的臉孔，看起來簡直像是從電影裡走出來的一樣……只除了他身上穿著的是被于承均剪得破破爛爛的清代朝服。

衣服上有幾處圓形破洞，看來應是彈孔，大概是那些黑衣人留下的。其他于承均割出的破洞中露出的肌膚看起來細膩白皙，隱約浮著黑青色。

隨著殭屍的動作，剩餘的黑皮從袍子下撲簌撲簌掉下。

于承均看了看地上，殭屍腳邊一堆黑色乾裂的皮，心底有些失望，現在這樣一點可怕的感覺都沒有了，誰會想花錢去看一具長得像人的殭屍？

「水……」殭屍捏著嗓子道。

于承均正要拿杯子，躊躇了半晌，直接將銅製大水壺遞給那殭屍，他一百多年沒喝水了，肯定非常渴。

殭屍接過水壺便仰頭往嘴裡倒，脖子發出像折斷似的喀嚓聲，讓于承均開始擔心等會兒殭屍的腦袋會不會突然掉下來。不過他的擔心是多餘的。只消一會兒，五公升的水就被喝得一滴不剩，殭屍咂咂嘴，意猶未盡地看向他。

于承均站到流理臺旁擰開水龍頭，打算讓殭屍喝個夠。

那殭屍一步步走向流理臺，膝蓋似乎無法彎曲，腳步相當緩慢僵硬。于承均心想，這殭屍的動作看起來更像是電影裡被病毒感染的活屍……

他默默地看著殭屍喝水，一旁的葉離總算回過神，膽戰心驚地低聲道：「師父，你確定他是我們撿回來的那具殭屍？該不會被掉包了吧？」

「被誰掉包？」

「我想說的是，他怎麼變得……呃……」葉離支支吾吾地說，「他怎麼變得像活人一樣？之前明明都乾了。」

「所以才需要喝水吧。」于承均煞有其事道：「不過以他喝的量來看，應該已經造成體內電解質不平衡，我看還得讓他補充鹽分才行……」

「誰管他缺維他命 ABC 啊！」葉離大叫。

待殭屍喝足了水，于承均欲領他去房裡休息，那殭屍卻搖搖頭，逕自走向冰箱便鑽了進去，還不忘帶上門，留下于承均和葉離面面相覷。

……難不成冰箱睡起來比較舒服？于承均沉默以對，心裡想著如何讓那殭屍恢復原本的面貌。

「對了，這殭屍怎麼不會跳？殭屍不都是這樣跳的？」葉離說著便平伸兩條手臂，模仿殭屍膝不彎直挺挺跳的樣子。

「這是謠傳。」于承均淡然道：「那是湘西趕屍人的方法，將長竹竿穿過屍體袖子，趕屍人一前一後抬著走，因此才有這種說法。」

「所以，那個湘西什麼趕的是真的殭屍？」

于承均沒聽到葉離的問題，邊掃著地上的皮屑自顧自道：「嗯，這樣說起來，那位仁兄死而不僵，應該不能算是殭屍，他看起來像完全復活了……」

「殭屍就殭屍，哪來這麼多名堂？」葉離厭惡地說。

白忙了一陣，于承均只覺得疲累，打了個呵欠道：「你也去睡吧，明天還要上課呢，有什麼事等起床再說。」

葉離嘟囔道：「拜託，現在有一隻活殭屍在家裡，誰還睡得著？」但還是乖乖地回房去了。

當晚，于承均睡得不太好，不斷夢到挖開的墓穴的屍體復活了，誓死捍衛自己的陪葬品……直到被葉離的怪叫聲吵醒，他才從床上跳起，急忙地套上衣服。

天色濛濛亮，他看看時間，差不多是葉離起床的時候了。這小鬼的個性像豪豬一樣渾身是刺，對那隻殭屍也充滿偏見，要是一時腦充血幹了什麼傻事，一定會吃虧。

衝到客廳，果然見到一人一屍相互對峙，戰況一觸即發。

殭屍堂而皇之地坐在只有三坪大還堆滿了電視購物商品的客廳裡，臉上掛著微笑，身體動作看起來已不復昨晚的僵硬。處在這種雜亂環境中，他看起來卻是一派悠閒又不失高雅尊貴，跟昨晚嘴巴湊著水龍頭狂喝水的飢渴粗魯模樣，簡直判若兩人。

葉離站在另一頭惡狠狠地盯著殭屍看，手中還提著菜刀。

那殭屍一見到于承均便高興地站了起來，拱手道：「恩公，承蒙您的救命之恩，還不嫌棄提供棲身之所，在下實在不曉得如何報答。雖然府上稍嫌窄小，不過住在倉庫裡倒是別有一番情趣……」

他這一番話說得如唱戲般抑揚頓挫、興奮感激之情溢於言表，那西洋味十足的外表口中吐出的卻是京片子，讓于承均有些懷疑這是不是又一個看古裝片學中文的老外……

「師父！」葉離搶著說：「我剛起床就看到這傢伙鬼鬼祟祟地坐在這裡，一定有什麼企圖！」

于承均讓他稍安勿躁，對殭屍道：「你能說話了？」

「是的，經過一晚的調養，在下已能如常發聲。」殭屍臉上綻出一個燦爛至極的笑容，「恩公，還不知曉您的大名，趕明兒回去後，在下必定會報答您的再世之恩……」

「你算哪根蔥啊?!」葉離趕在于承均開口前氣勢洶洶地指著殭屍鼻子道：「別以為你可以裝出這副德性騙人！你一定是想趁我們放下戒備時作怪吧？」

殭屍看向葉離，臉上笑容不減：「請問這位公公如何稱呼？你家主人都未說話，你卻在這大放厥詞，成何體統？」

聽到殭屍對葉離的稱呼，兩人都是一愣，接著葉離氣得漲紅了臉。

「你說誰是公公？你他媽哪隻眼睛看到我像太監?!」葉離咬牙切齒地問道。

那殭屍倒是有些驚訝：「瞧你這身板和嗓音，難道不是？」

于承均和葉離相處已久，知道少年最煩惱的，就是比起同齡來說相對瘦小的身材和還未變聲、如孩童般的聲音。如今這殭屍竟不偏不倚踩中他的地雷了。

這殭屍腦袋大概還不清楚，這種簡樸的小房子裡怎麼會有僕人？更遑論是太監？于承均拉住正欲衝上前拚命的葉離，一邊對殭屍道：「這位並不是侍奉我的人，而是我的……我的……徒弟。」

「喔——」殭屍挑眉道：「就輩分算來，這裡也沒有黃毛小兒說話的餘地。」

于承均心想，這殭屍受漢文化薰陶也挺徹底，不過看他年紀應該比葉離大不了幾歲。他對殭屍道：「我和葉離之間沒分什麼尊卑，雖說有師徒的名義，不過更接近興趣相投的朋友。」

葉離擅自住到他家、擅自稱他為師父，這讓于承均也有些煩惱，不過久而久之也習慣了。葉離對他沒大沒小的態度，也不像是有將這名分放在心上。

「神經病！」葉離依舊怒氣沖沖，「這年代哪還有太監？最後一個太監啥的早就駕鶴西歸了！」

「最後一個太監？」殭屍臉上出現迷惑，「請問恩公，現在是什麼年號？」

葉離搶著道：「現在是宇宙曆七六五四三年……」

于承均暗忖，果然出現年代落差了。「請問你是什麼時候……過世的？」

殭屍想了一下道：「宣統三年。」

于承均腦子快速運轉。宣統是末代皇帝的年號，宣統三年……不就是西元一九一一年？難不成他是死於那場革命的？看他的樣子可能還不知道早已改朝換代了……

那殭屍見于承均的表情，心下大概也有些明白：「在下看你們的服裝和府上擺設，應該離宣統有些時日了？現在的聖上是宣統帝的太子或皇孫？」

于承均向葉離擺擺手，然後對殭屍道：「請你做好心理準備，這……年代過得比你想像的要多。」

殭屍想了想他在世那時的動盪不安、民不聊生，以及各地如雨後春筍般冒出的改革勢力，緩緩道：「難不成……」

「現在是西元二〇一一年，清朝在你死去那年就被推翻，皇權時代……已經結束了。」

殭屍白皙精緻的臉上霎時有如死灰，他身體晃了一下，坐倒在沙發上。

「竟然……過了這麼久……」殭屍大哭起來，哭得相當悲切，「我竟然在棺材裡躺了這麼久，而不知道外面早已人事全非，剛剛還滿心歡喜地以為可以再看到許久不見的故人……」

葉離悄悄附在于承均耳邊道：「師父，要不要給他準備幾桶水？不然他等一下可能就脫水了。」

「你別出餿主意。」

于承均低聲喝斥，然後小心地問殭屍：「你還好吧？」

「沒事，沒事。」殭屍抽抽答答地抹著眼淚，一副可憐兮兮的樣子，「我也知道，時代潮流難以抵擋，以那時候的情況來看也是極正常的，只是一時……」

話沒說幾句，那殭屍又趴下來繼續哭。

于承均搖搖頭，面對這種情形，他只能裝做視而不見地對葉離道：「你也該去上課了。」

「發生這麼嚴重的事，哪還有心思上課啊？」葉離大聲抗議，「而且，我不放心讓師父跟這傢伙待在一起，要是我回來之後發現你有什麼不測……」

殭屍邊哭邊站起來，涕淚縱橫的臉上硬擠出個笑容：「你放心，小太監，在下不會對恩公做什麼的。那麼，請容在下先行告退。」

他們呆愣著看那殭屍搖搖晃晃地走回冰箱，縮進去後還自己將門帶上。

良久，于承均冷靜地說：「他早上是自己出來的吧？我一直以為因為壓力關係，冰箱無法從裡面打開，看來這個謠傳有待商榷。」

葉離氣得七竅生煙。「他竟然又叫我太監！」

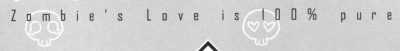

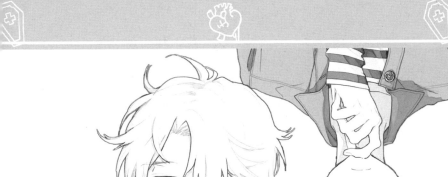

Zombie's Love is 100% pure

第三章

待葉離去上課後，于承均便自己待在客廳處理工作。

雖然晚上做的是見不得光的勾當，但白天的于承均有個響亮的頭銜——K大考古學系榮譽博士——即使這頭銜是捐來的。

這招是于承均的師父教的，當然那老傢伙也買了一個。K大考古算是國內的龍頭，因此從這裡得到消息也最快。考古系一直都苦於預算不足，只要肯花大錢都可以買到一張榮譽博士證書，于承均盜出殭屍的墓穴也是從K大管道得知的。

不過身為榮譽博士，也有該盡的義務，于承均偶爾要去開個講座，講述的當然不是史料分析，而是實地考察或是遺蹟文物辨識。

資料整理起來極其繁雜瑣碎，他焦頭爛額地弄了半天，抬頭一看已經晌午了，便尋思著要不要叫那殭屍吃飯，畢竟來者是客……雖然看那殭屍的樣子也付不出伙食費，不過自己從他棺木裡拿的那塊玉枕也夠抵銷了。

仔細一想，于承均還真不知道殭屍要吃什麼。一般民間傳說認為殭屍嗜吃人肉人血，不曉得豬肉豬血湯之類的合不合胃口。看他的服裝挺昂貴，希望不會是個難伺候的人。

于承均走到冰箱旁，側耳傾聽裡面有無動靜。從那殭屍進去之後，就一直不斷聽到裡面傳來啜泣聲，不過現在倒是毫無聲息。

于承均伸手敲了敲冰箱門，正猶豫地想著該怎麼稱呼殭屍。未等他想好，冰箱門便一下子開了，殭屍怯生生地探出頭。

「那個……你要吃飯嗎？」

殭屍聽了之後，眼眶竟然慢慢湧出淚水。

「恩公，您真是我的再世父母，您的大恩大德我已無以為報。瞧恩公府上家徒四壁，日子想必過得相當清苦，竟還能如此慈悲為懷……」

于承均忙阻止他說下去，蹙眉道：「等等，我實在不曉得你說什麼，我什麼事都沒做，應該還要感謝你在墓室裡救了我們。你——」

「我叫 Kim，您也可以叫我金。」殭屍眨著水亮雙眼道，臉靠得相當近。

于承均退了兩步拉開距離：「好的，金。請你別再用敬稱或是恩公，我聽著怪不舒服。叫我名字就好，于承均。」

殭屍略帶羞澀地說：「叫均可以嗎？均，June，想必你是六月出生的吧？」

「我是二月生的。」

雖然被打槍了，金也不以為意。他跳出冰箱，感激地說：「均，我要鄭重地感謝你，如果沒有你的血，我就無法復活……」

「……咦？」

「我雖然死了躺在棺材裡，不過意識一直模模糊糊地存在，感覺就像喝醉了在夢裡晃蕩一樣，只是那夢沒有內容、感覺不到時間，待在那裡頭，就如過了幾千幾萬年似的那樣漫長難耐。直到……你出現了。」

金回頭從冰箱裡拿出一塊染了血的布，那是之前包在他身體外的。他非常珍惜似地摸著它道：「你的血順著棺材板滲進我的皮膚裡，在那時，我便醒了。」

于承均安靜地聽他說，還敏銳地發現金講話的腔調變了。看來他之前的京腔是裝出來的，講到激動之處時便忘了。

「之後，我的皮膚長了出來，頭髮，指甲，腦……在那之前，我可說是靠靈魂思考感受，然後五感慢慢地回來……」

于承均受不了金細數著自己身體哪個部位可以作用，對他來說，這個漂亮的皮囊還遠不如一具乾屍賺錢。

于承均打斷他問道：「所以，你現在已經完全復活了？」

金一臉正經回答：「還不算，寶貝，男人最重要的那話兒還沒——」

于承均打斷他：「你有辦法恢復原來的……就是你剛醒來時的樣子？」

「除非讓我再死一次然後放上一百年，大概就成了……」

「你要吃飯嗎？」于承均重覆了一次他最初的問題。

金歪著頭想了想道：「我不知道耶，好像不會餓，不過又有點空虛……」

「是嗎？」于承均扭頭離開。不用吃飯最好，他也省下筆花費。

葉離下午第一堂課裝病回家後，就見到幅怪異的場景：

于承均旁若無人地邊吃飯邊整理文件——事實上，于承均正努力研究殭屍，希望能找到達成最高效率的賺錢方法；那隻殭屍則安靜地坐在旁邊看電視，手指敏捷如飛地快速轉著臺。

這景象說和諧也行、說詭異也行，葉離倒是覺得那殭屍看起來超級礙眼。

「你怎麼回來了？」于承均問。

葉離咳了兩聲道：「我覺得不太舒服……」

「噢，這是每個人少年時期都會經歷的，不用擔心。」金自以為是地說。

「誰跟你講話了！」葉離瞪眼道：「師父，這傢伙在幹嘛？」

于承均花了點時間跟葉離解釋，只見葉離邊聽還邊瞟著金，金則是嬉皮笑臉地自言自語道：「不過區區一百年，世界改變得真多啊。」

葉離不滿地說：「這傢伙既然醒了，那就放走他吧。」

于承均尋思，這殭屍應該還有可利用之處，邊打著如意算盤邊搖頭道：「他似乎沒有謀生能力，對外頭也不了解。」

「那就把他送給K大做解剖研究好了，我相信考古系或醫學院對他的身體如何運作應該很感興趣。」葉離惡毒地說。

金大吃一驚，遙控器掉在地上：「解剖……你想切開我的身體?!」

葉離趁勝追擊：「對啊，誰知道你是不是有個像人的空殼子，結果身體裡盡是些蛆啊腐肉啊還是香灰之類的？我倒真的很有興趣呢。」

話才說完，金馬上開始嚎啕大哭：「我好不容易才復活的，今兒個又要命喪在個小太監手上嗎？你的心腸真歹毒啊！」

金在那邊哭得呼天搶地，葉離在這邊氣得吹鬍子瞪眼。

金哭了幾聲，轉向于承均淚眼汪汪道：「均，你捨得再殺了我嗎？我死了一百年，早就無依無靠，如果連你也要拋棄我，我只好如那小太監所說，一死百了！」

于承均撇過頭。自己的確想過這種替代方法，既然他不再像殭屍，那麼以其他名目賣掉也不是不行，例如沒有呼吸心跳卻還活著的人……諸如此類。但現在這殭屍看起來很可憐，要是賣掉他，自己豈不是禽獸不如？

賣也不行、丟也不行……唉，于承均現在深深地對自己將殭屍撿回來的蠢決定感到後悔。

「喂，別以為哭就可以解決問題了！」葉離暗暗咬牙。

他深知師父心軟，最受不了人家這樣。當初他為了待在這邊，軟磨硬泡許久，最後也是祭出眼淚這個殺手鐧才成功。

這隻殭屍竟然這麼快就掌握了于承均的弱點，實在不容小覷。

果然，于承均不耐煩地制止了金，道：「金，在你找到能去的地方前，我都會讓你待在這裡的。」

金馬上破涕為笑，表情轉換之快連葉離都不禁咋舌。

「話說回來，我還真沒想過要找你的後人或是其他親戚，說不定你還有故人在世。」于承均亟欲弄清楚這個賺不了錢的燙手山芋是何身分，積極問道：「你的全名是什麼？家和祖籍是哪裡？」

金仰著頭思考了半天，攤手道：「過了一百年，我早忘了。對於生前，我只有一段極其模糊的記憶，約莫小時候在外地住過一陣子，十幾歲時就來這定居了，是什麼人我也不清楚。到底是住在哪兒又叫什麼……在下真的想不起來。」

「欸──」葉離明顯表示不信，「他都記得自己翹辮子時是宣統三年，怎麼可能不記得自己叫什麼名字。」

金陰森森地說：「你不知道死人的執念有多深嗎？我至今都還記得殺了我的人那張可恨的臉，我只想著要找到他碎屍萬段……只可惜他應當不在了，否則我定會讓他嘗盡恐懼而死……」

葉離暗啐，這傢伙也挺有本錢當厲鬼的……

于承均怪罪似地看了看葉離。沒想到這殭屍身後還有滿多冤情，這樣死得不明不白實在可憐，他乾咳一聲道：「別著急，總會有方法找出你是誰。你理應和家族葬在一起的，若能讓你認祖歸宗就再好不過。」

金露出欣慰的笑容：「承你貴言。希望真有那麼一天，也算了卻我一樁心事。」

葉離也常說謊，因此一眼就能看出殭屍沒完全說實話，只是于承均已然相信了這段謊言，他只能撫額暗嘆。自家師父耳根子軟心也軟，臉看起來冷淡，個性卻雞婆又頑固，一旦下了決定就怎麼說都說不動。

于承均從小就學著盜墓，在地下的時間比在地上多，探穴挖寶懂得比人情世故要多得多。要是葉離存心不良，于承均可能早被他賣了。

雖然自己沒問題，但那殭屍存心矇騙，一定有什麼企圖，得想法子把他趕走才是！

達成協議後，于承均繼續弄他的資料，葉離在一旁幫忙整理，金則是興致勃勃地看著電視，臉幾乎要貼在螢幕上了。

于承均詢問的結果，金的視力似乎不太好，如果不貼在電視前就看不清楚。屁股還沒坐熱，葉離又看金那副德行不爽，便故意嘲諷他：「喂，阿金……我叫你阿金可以吧？這可是個好名字，以前我家養的黃金獵犬就叫阿金。」

金慢條斯理回道：「當然可以啊，小葉子……我叫你小葉子行吧？叫這名字定會大富大貴，前朝宮裡似乎就出了個姓葉的權閹……」

葉離和金的針鋒相對絲毫未影響到于承均。

他心裡尋思著要如何查出金的真正身分，那年代的外國人十有八九都是租界的人，但金的言語中又能聽出對清廷皇室的尊敬，這點就有些矛盾了。

看金的服飾和談吐，他的家族就算沒富可敵國，起碼也是坐擁一方的豪賈。若是到今時今日還未沒落，自己應該也可以拿到筆可觀的報酬……至少他打的如意算盤是如此。

戰亂連年，清末時仇外情緒高漲，應有不少外國人在戰爭中犧牲，若是有辦法調查那時候的資料，說不定可以找出些蛛絲馬跡。

「金，你說你是被人殺的？你還記得是什麼人又是什麼原因嗎？」

金搖頭，看起來有幾絲茫然。「我還真不知道他們殺我做什麼，在下向來樂善好施、廣結善緣，為人行俠仗義、鋤強扶弱……莫不是妒忌我的人吧？」

葉離作嘔欲吐的樣子。

于承均知道這殭屍說話顛三倒四，便又難得地拿出耐心道：「你想想生前是否有什麼仇人，因為……你曉得你葬的地方有蹊蹺嗎？」

「什麼蹊蹺？」

「你能復活應該也是拜這所賜。」于承均沉吟道：「葬你的地方，是個養屍穴。」

于承均花了些時間解釋，只見金收起了剛剛的調笑，全神貫注聽著。

「……因此，要是有任何細微的線索，請務必告訴我。當初殺害你之人若是存心將你葬在那種惡地，說不定是為了貽禍你的家族和後代。」

金面露疑惑道：「……真有這種事？」

于承均沉著道：「風水運勢之事，本就是信者恆信。我自己沒親眼見過也不敢斷定，但見到你後，我想這應該不是空穴來風。」

金聳聳肩膀，無奈地道：「這太抽象了，我無法了解。」

「你一時難以接受也是正常的。」

「不，我相信你說的話，均。只是我現在還沒什麼概念，畢竟子不語怪力亂神，所以很難想像……」金扁了扁嘴，「不過看我自己這個沒呼吸心跳卻還能活動自如的身體，真是諷刺。」

于承均心中一動，問道：「金，你幾歲？」

金輕咳一聲，正色道：「咱家年方二十，上無高堂，下無妻小，品性端正，身無宿疾……」

「你以為你在相親啊！要不要把你身上有幾根毛都說出來？」葉離罵道。

……現在應該要算一百二十歲了，于承均認真想著。

他死時才二十歲，怪不得無意間會洩露出點天真。他的樣子也不像是大奸大惡之人，看來應當是上一代的糾紛，害得他死於非命。只是現在讓他回到世上，不知是好還是壞。

「均，你真是個好人。」金突然冒出一句風馬牛不相干的話。

于承均愣道：「什麼意思？」

金微側著頭，一頭柔順的金髮傾瀉而下。「喏，小葉子和我都是被你撿回來的吧？若不是遇到你，我可能已經被抓去解剖了，小葉子可能已經被閹了……」

葉離暴怒道：「別把我跟你相提並論！」

于承均平淡道：「葉離在這裡也不是白吃白住，我撿你回來，有一部分原因也是以為你身上有值錢陪葬品，願意留你下來是因為你花不到我的錢。說到底，要是找到你的家族，我也免不了好好敲一頓竹槓。」

金嘻嘻笑著，全然不當一回事。

這時，閒置著的電視傳來了女主播字正腔圓的報導。吸引他們的並不是聲音，而是她說的「古墓」兩字。

由於行業關係，于承均和葉離對關鍵字特別敏感，兩人立刻專注於新聞上。內容大概是在某縣城發現了一處遭人縱火的墓，驚人的是那墓穴裡幾十口的棺材竟然讓人一把火燒得精光，目前還在調查墓穴年代及追查縱火嫌疑犯。

「這年頭……」葉離嘖道：「現在人都不曉得尊敬死者嗎？鬧得這麼大，我還以為是阿金的墓被發現了咧……不過跟這則新聞比起來，只有一個臭木乃伊的寒酸墓的確沒什麼稀奇。」

于承均瞟了瞟葉離，想到少年之前還想破壞屍體找財物……他沒點破葉離，只道：「看到這新聞我才想起，這幾天光忙著整理資料，都忘了上次那些東西還沒脫手，再放著恐怕會有麻煩。」

金馬上睜大眼，一臉期盼地說：「均，你要出門？我也想去！」

于承均遲疑道：「我想你還是暫時待在家裡……外面變得比你想像的更多，這一百年已經讓世界完全不同了。」

金得意地仰起頭，指著電視道：「我已經看了近三個時辰的電視了，對於現在的情況也有一定了解。放心，我不會跟任何人亂買東西，我也知曉世道險惡，詐騙集團滿街皆是……」

葉離小聲問道：「師父，他看了這麼久到底看了什麼啊？社會實錄？」

于承均皺眉道：「你這外表也太招搖了些，我不想惹麻煩上身。」

金琢磨半天，相當為難地開口：「那……讓我換上跟你們一樣的粗布衣裳？偶爾體驗一下庶民生活也不失為一種情趣……」

于承均有種感覺，金就像寵物淚眼汪汪地求著你帶牠去散步一樣，那表情看起來極可憐。

「好吧。」他勉為其難打量了下金的身材，「你可以先穿我的衣服，頭髮也必須剪掉……」看著金及腰的長髮，于承均奇怪問道：「對了，你怎麼沒薙髮？」

「薙、薙髮！」金不可置信說道：「均，你比較喜歡那種髮型嗎？如果你希望，我可以嘗試看看，只是我不覺得那髮型適合我……」

金哭喪著臉捧著于承均給他找的上衣和牛仔褲，彆扭地換了衣服出來，還一邊抱怨衣服太窄，勒得他不舒服。

其實金和于承均體型相仿，即使衣服穿反，勻稱的身材仍展露無遺。換掉一身厚重的袍子，看起來清爽許多，不知道他是百年殭屍的人，必定會認為他是個青春洋溢的大學生。

不顧金的嘀嘀咕咕，于承均將他拉過來坐下，大剪一揮便剪去了那頭漂亮的金髮。

金撿起地上一束頭髮，心疼地說：「真不懂你們現代人的審美觀啊……我那個時代只有山賊才會將頭髮削短。」

于承均將金的頭髮剪到齊肩長，接下來他便無能為力了，只好隨便拿橡皮筋將頭髮束起。

「……雖然剪得有點糟，不過戴上帽子應該沒問題。」他笨拙地安慰沮喪的金。

「無妨，既然是均要求的，總該不會有錯。」金慘然笑道。

金這麼信任他，反倒讓于承均覺得心虛，他敷衍著拿了頂毛帽給金戴上，並幫他將頭髮一綹綹塞進帽子裡。

葉離看了老大不爽，明知于承均就是愛照顧人，但之前可沒人跟他一起分享于承均的溫柔。

「師父，我也跟你一起去！」葉離大聲道。

于承均正拿了夾克給金，回頭驚訝問道：「你不是很討厭去那邊？」

葉離吞了吞口水道：「……偶爾去一次無所謂。」

「你不是因為不舒服早退？那種地方人多嘈雜，你還是待在家裡休息好了。」于承均完全不明白葉離的心思，皺眉道：「現在外頭風聲很緊，太多人去也有點招搖，這次就先別去吧。」

葉離恨恨地想，早知道就用其他藉口……

于承均完全沒察覺葉離的悔恨，叮嚀金道：「等一下出去記得緊跟著我，不要擅自行動。」

「我必定會表現得如同你們現代人一般……」

金說著，拿起電視遙控器附在耳邊：「走路時一手要插在褲袋裡，一邊對著這個講話。停下來時，就要使勁按這個玩意兒，我看電視上都是這樣……倒是，這小盒子的用途挺多的嘛。」

于承均這時才知道為什麼教育專家都建議別讓孩子看太多電視……

他把遙控器從金手上拿下，嘆氣道：「這我回來再跟你解釋，你出去什麼話都不要說，也不要做其他多餘動作。」

金不明所以，還是乖乖地照著于承均的吩咐。

到了外頭，金才曉得電視的小螢幕根本無法呈現現實世界的震撼力。

「金，你怎麼了？」于承均查覺金的異狀，問道。

于承均的住家位於一處小巷子裡，走出門約五十公尺就會到大馬路上。下午四點，四線道的馬路上車流不息，旁邊的人行道熙來攘往的路人行色匆匆，以上班族居多。

金看著眼前景象，覺得有些頭暈目眩，汙濁的空氣和刺耳的喇叭聲衝擊著他的感官，「……我、我很好，只是第一次看到這麼多汽油車，有些驚訝罷了。」他逞強地說：「現在人人都用那種工具代步嗎？真是令我大開眼界……」

「大部分家庭至少都有一臺車，甚至兩臺三臺以上都有。我們也要坐車去，你還沒搭過吧？」

金慘白著臉看著一輛巨大的水泥車轟隆隆駛過，抓緊著于承均的手道：「我、我還是騎馬就行，你有馬吧？如果均你不介意，我們可以共乘一匹……或是轎子呢？乘轎也行。」

于承均失笑：「現在沒人騎馬了，不過倒是有現代的轎子……不過要走到下個路口。」

金點頭如搗蒜，只要不上那四個輪子的鐵皮車裡，怎麼樣都無所謂。

他跟在于承均後頭，迎面而來的人潮也讓他覺得緊張。他何時見過這麼多人？連廟會也沒如此熱鬧過。

金將臉埋進衣領裡，試圖躲過往他身上招呼的視線。汲取著衣物上于承均的味道，彷彿這樣做能讓他安心一點。

他抬眼，一座座聳立的建築物高大沉重得似乎隨時會倒塌。沒想到這世界的變化如此之大，從醒來到現在觸目所及的全是陌生的東西，冰冷且僵硬。

看見金畏縮卻強忍著的樣子，于承均心下有些後悔。果然不應該這麼快就讓金出門，因為看他在家裡生龍活虎，似乎沒什麼適應問題，便貿然答應他……

金的外表也讓他受到不少注目，難怪他會這麼緊張。

「金，你先回去好了。」于承均說道：「我沒辦法分神照顧你，等會兒是要談正事的，你這樣會妨礙我。」

金知道于承均看出自己的侷促不安，訕笑道：「沒事沒事，總是要試著去習慣，對吧？」

于承均聽他連京片子都沒了，就知道金大概也沒多餘心力裝腔作勢。他嘆氣道：

「我看到轎子了，等上去後就會好一點的。」

金開懷笑道：「太好了，我真的需要一些獨處的空……間……」

金的聲音，在他看到面前的是一輛巨大的四輪鐵皮車時戛然而止。

Zombie's Love is 100% pure

第四章

「嘔……」

于承均無奈地拍著金的背脊讓他好受一點，但他不確定對於不用吃東西的殭屍來說，這樣做是否有效。

剛剛金上了公車後，就緊緊抓著于承均的手臂，完全不敢睜眼。于承均好心地提醒他看看窗外風景會舒服一點，但金只瞄了一眼又繼續裝死，整張臉幾乎憋成綠色的，一下車他就跑到路邊乾嘔，暈車暈得相當嚴重。

「很抱歉，均，我衷心希望你不會覺得我很沒用。」金一臉淒慘地說，「我從小就會暈船，坐轎子或騎馬也會暈。不過我沒想到，如此平穩的工具也會導致同樣悲慘的結果……」

幸好金沒吐出什麼東西來，于承均想著。他本以為暈車的殭屍可能會吐出一些屍水或腐爛的內臟之類的……

于承均帶著高大而病懨懨的金走向他們的目的地——市區裡最大的玉市。

適逢上班日，位在高架橋旁的玉市冷冷清清，只有零星幾個攤子營業，老闆們都翹著二郎腿一副百無聊賴的樣子，不是跟隔壁攤下棋就是拿著剪刀修剪鼻毛。

走到人少的地方，金的精神就來了。他饒富興味地看著攤子前堆著的廉價玉石，忍不住伸手把玩那些玉鐲子和扳指。

「就算百年後變得再不一樣，你們的工藝技術卻沒什麼進步。」金煞有其事地評論著，「這雕刻精細度和創意還比不上我那時候，這玉的品質嘛……拿出來賣還真是上不了檯面啊。」

「你很了解玉？」于承均斜眼問道。

金裝模作樣地說：「不敢不敢，區區對於玉石珠寶尚有一點微薄認識，至少還看得出好壞。」

于承均見他踐兮兮的模樣，便故意問道：「那你可見得這攤子上有什麼好玉？」

金仔細看了一圈，輕蔑地說：「都是些爛石頭，連玉都稱不上。」

于承均搖搖頭，只當金在吹牛。這攤子上的確大部分都是些成色不佳斑駁的玉，不過也有些通體碧綠均勻的玉珮或是玉雕觀音，那些就可以賣好價錢。

他們繼續走到這條路的盡頭，只有一家攤子孤伶伶開著，連老闆都不知去向。

于承均腳步未停，直接走進攤子後方、以簾子虛掩著的店鋪裡。店鋪裡也是空無一人，只擺了張木桌子和籐製躺椅。他從懷裡掏出一塊用布仔細包著的東西，突然像想起什麼似地掀開布，轉身對金道：「你瞧，這便是從你棺中拿出的枕頭。」

于承均手中拿的就是那塊白玉枕，而他面對被偷的苦主坦蕩蕩的態度，讓人感覺不出一絲心虛。

金眼睛一亮，「噢，一路看來，就屬均你手上這塊最好……你說這是我的枕頭？」

「嗯，枕在你頭下的。」

金厭惡地看著那玉枕道：「這雖是一塊好玉，不過拿來當枕頭還真是折騰，怪不得我到現在都覺得肩頸痠疼，原來是枕著這麼硌人的東西睡了一百年。」

這時，一個身形佝僂的老人掀開門簾走了進來。見到金時他愣了一下，隨即看到站在旁邊的于承均，便露出了然神態。

「小店只做正當生意，販賣人口不在交易範疇內。」老頭子對于承均道：「你從哪挖出這麼一個金毛猴子來？這個恕我不能收。」

于承均心想，還真讓老頭子猜對了，這個金毛猴子的確是從墓裡盜出的。

「他的價格只怕你出不起。今天要賣的是這個。」將玉枕放在桌上，讓老頭子仔細端詳。

「什麼時候的？」老頭子拿著放大鏡，頭也沒抬問道。

「清末。」

老頭子看了半天，然後放下放大鏡，比了三根手指頭。

于承均冷笑道：「再翻一倍我就考慮借你玩幾天。」

老頭子眉頭一皺，「你小子也挺會唬人，這樣如何？」

于承均搖頭。老頭子又比了個數字，他馬上搖頭，伸手示意再加一半。老頭子不滿，比出減二的手勢。兩人你來我往，竟是安靜得令人起了雞皮疙瘩。

金在一旁看著他們喊價殺價，直看得瞠目結舌，大氣也不敢喘一下。一直很溫和的于承均，在喊價時的凌厲氣勢讓他忍不住暗暗驚訝。

于承均的態度強硬，老頭子瞪著他也沒有一點辦法，最後還是粗聲道：「好啦好啦，我服了你了，就這樣。」

金驚嘆道：「均，你真厲害，我第一次見人這樣買賣，原來你也是深藏不露。」

老頭子覷了金一眼，沒好氣問于承均道：「這個黃毛小兄弟打哪來的？怎麼講話怪腔怪調的？」

金正要答腔，于承均趕緊摀住他的嘴，「他……他是我遠房親戚的朋友，來學中文，整天看古裝劇看得腦袋不太清楚。」

老頭子搖搖頭，「唉，這種人還真多，之前也有幾團老外觀光客來買玉，我趁機狠狠訛了他們一筆，他們付錢倒挺爽快，拿了一堆不值錢的東西回去還以為撿到寶了……」

于承均懶得聽他吹噓，幸好自己對玉石有些了解，否則一定也會變成別人閒嗑牙的對象。他打斷老頭子說：「先給我三分之一，剩下的分開匯到我兩個戶頭裡。」

老頭子還想留他們，于承均動作迅速，拉了金就走。

走出一段路後，確定老頭子沒有陰魂不散地跟上來，他才向金解釋道：「這裡是我脫手文物的地方，那老頭非常囉嗦，總愛抓著人閒扯。之前葉離跟我來了幾次，被他抓著講了幾個鐘頭，後來就再也不敢來了。」

「真是個精力充沛的老人家，讓我覺得自己實在太窩囊了。」金嚴肅道：「均，我覺得好多了，如果不會耽誤你的時間，可以請你帶我逛逛嗎？我想，縮在家裡對學習異國文化沒有幫助。」

于承均見他一副決定慷慨就義的樣子，嘲笑似地道：「沒問題。首先，我先帶你去習慣搭車好了。」

當然，于承均只是開玩笑，但金的臉頓時刷白了。

于承均帶著金來到一間號稱全國最大的購物中心，精品、百貨至生活用品，應有盡有。

會帶他來這裡，主要有兩個考量：第一，了解現代的物質生活是習慣這裡最快的方式，省得金再看到袒胸露背的女人，又以為是從勾欄瓦舍逃出來的娼妓；第二，現在還未到下班時間，購物中心沒什麼人潮，可以避免金的恐慌，也避免其他人的恐慌。

「我的老天啊，這就是平民穿的衣服嗎？布料這麼少，如何在冬天禦寒？」

于承均搶過金手上的蕾絲內衣，面紅耳赤地掛了回去，在櫃姐還沒來得及出聲時，趕緊帶著他遠離女裝部門。

「那是穿在衣服裡面的，就跟肚兜一樣，不會直接穿出門。」于承均窘迫地解釋。

「噢，原來如此。看來，一百年後變得最多的除了科技外，就屬女人的裝束了。」金心有戚戚焉道。

金一路上大驚小怪的模樣已經引起不少注目了，但于承均心想，既然答應他了，也只能硬著頭皮帶他逛完。不過金對於應付櫃姐的天花亂墜倒是很有一套，成功阻擋了于承均買下防塵床套組和昂貴的領帶與袖釦。

直到逛到3C部門時，金的注意力完全被 Wii 吸走了。

于承均將金丟在這裡，叫他待著好好打電動，不要亂跑。因為自己心裡還念著剛剛看到的百科全書，雖然不知道買來能幹嘛，但似乎總有一天會用到……

等到于承均提著袋子，心滿意足地回到3C部門時，卻沒在原來的地方看到金。他趕緊問店員是否有看到一個長得高高帥帥但舉止怪異的外國人，但店員只是茫然搖頭。

于承均不由得慌張起來。要是金迷路了，到時必定會被帶到警察那裡，如果被查出身分，可能真的會被送到研究機構去解剖。

他左拐右繞，在櫃與櫃之間尋找金的蹤跡，這麼大一個人竟然就憑空消失，連個影子都沒看到。他正想去服務臺請人廣播時，瞄到靠近電梯的地方有幾個女人圍在那裡，站在那些女人中間的正是金！

于承均悄悄走過去，想看看金和她們在做些什麼。

「很抱歉，活潑的小姐們。」金執起其中一人的手輕吻了一下，「如果能再早一點和妳們相遇就行了，可惜我已經心有所屬……」

……于承均雖然沒暈車，但也覺得有點噁心了。

他正想離開，不過金早一步發現他，鼻子抽動了兩下之後開心大叫：「均！我終於找到你了！」

……于承均懶得糾正是誰找到誰了。

只見金彬彬有禮地做了個揖，道：「抱歉失陪了，希望有機會能再見到各位。」

金快步向于承均奔來，那幾個年輕女生都好奇地回頭打量著他們。

于承均轉身，沉著臉問道：「你在幹什麼？」

金聽出于承均話裡的怒意，像個小媳婦跟在後面，期期艾艾地說：「那個……剛剛店員把電視關了，所以我才想去找你……」

「然後呢？剛剛那是怎麼回事？」

「我向那些女孩們問路，她們說要帶我去參觀然後送我回家。但我要找你，所以就拒絕了她們……」

「我不是叫你在原地等我？難道你不曉得你的身分要是暴露了，會有什麼後果？」

金一臉委屈地說：「可是你去了很久……這讓我想起在電視上看到的，母親在賣場遺棄孩子的新聞……均，你也知道我只有你，要是連你都遺棄我，我真的不曉得該何去何從……」

「再有下一次，我就會丟下你！」于承均威嚇道。

「所以，這次你原諒我囉？」金笑逐顏開道：「我不會再犯的，均，我以……以我的家族發誓！」

于承均對於他的誓言不置可否。

「均，請讓我幫你分擔這些重量。」金嬉皮笑臉地拿過袋子。

「若你還想逛也可以，但快到下班時間了，到時街上人車都會很多。」

金馬上道：「我們是該回家了。」

于承均想想，轉頭對金道：「我跟你說我的號碼，你記得住吧？要是再發生剛剛的情況，你就去借電話打給我。不過……」

「如果你要問我會不會撥電話，我能肯定地說我會。」金得意地說：「剛剛那幾個女孩子也問我電話，我才知道原來她們用的那些東西，是電話而不是遙控器。竟然沒有線路也能通話，真是太不可思議了！」

于承均念了一串數字讓金背起來。

「不過啊……」金看起來並沒認真地記，「其實不用電話我也找得到你，前提是要離開這裡。這裡的香水和胭脂味太重，把你的味道都蓋住了。」

「……我的味道？」于承均尷尬地說。他不覺得自己有什麼味道啊。

金猛然湊上前，伸手從于承均的背後輕輕扣住他的脖子，然後附在他頸邊道：「就是這個氣味，從我醒來之後就一直聞得到……很香、很勾引人，從你體內散發出來的，甚至讓我想咬你一口、撕開你的身體，盡情品嘗這香味……」

于承均皺眉推開他道：「哪有什麼味道！」

金朝空中作勢吸一口氣，「這種濃郁芬芳的味道你走過的地方都會殘留，我可以循著味道找到你。」

「你的嗅覺有問題吧。」于承均冷靜地下了判斷。

接下來幾天，于承均見識到了金那堪比蟑螂的強大適應能力。

不管于承均去哪裡，金都死纏活賴地硬跟，連社區的歐巴桑都知道他們家多了一個洋鬼子食客。甚至，金很快就跟那些婆婆媽媽混熟，不得不承認，他對付女人極有一套。

除了跟于承均出門外，金最常做的事就是看電視。

金完全沉迷於電視中，他特別愛看鬼片和各式各樣的驚悚或B級虐殺片，也喜歡看氾濫到變流行的活死人片。最後看見人類全變成殭屍的劇情，金總會特別興奮……葉離堅持金是對於自己的同類有著深厚情感。

不過金的膽子跟不上興趣，每次都看得臉色發青還繼續咬牙硬撐。

尤其到了晚上，金不需要睡眠，漫漫長夜都在鬼片中度過。

葉離對於金還是不假辭色，但態度已稍緩和，畢竟兩人年紀相仿，整天打打鬧鬧倒也沒出什麼亂子，之前還找了網路流傳的恐怖影片，嚇得金半死。

後來金學會了用電腦，會自己上GOOGLE或YOUTUBE找恐怖影片，還跟著葉離開始打魔獸世界，兩人經常玩到三更半夜等于承均來喝斥葉離睡覺。

家裡多出了一個人，而吵鬧聲卻是加乘放大。于承均覺得自己像是養了兩個小孩的爸爸，除了增加生活樂趣外還可以順便修身養性，畢竟要忍受金和葉離的拌嘴，需要極大耐性。

一天晚上，于承均睡得迷迷糊糊時，一個翻身感覺到有個軟軟毛毛的東西搔在臉上，搔得他想打噴嚏。

勉強撐開眼皮，模糊的視野裡出現的不是一如以往、淡淡的月光襯著如墨夜色從窗戶灑進的景象，取而代之的是一團背著光而顯得黑乎乎的東西，還有一雙在黑暗中熠熠發光的雙眼。

于承均向來處變不驚……或者說是遲鈍更貼切。他並未被嚇著，只是半睜著眼，花了些時間認出那是金。月光在他的周身鑲上一層金邊，而他的金髮垂在于承均臉上，淺藍的雙眸此時更近乎湛藍色，深沉而冰冷。

「……怎麼了？」于承均咕噥著問。

他記得在金的要求下，今天下載了「奪魂鋸」一到六集……于承均認為租片太貴，因此採取了不合法手段。剛剛于承均睡前叮嚀金別靠電視太近，那時才看到第二集，金還信誓旦旦說要一口氣完成奪魂鋸馬拉松的壯舉……難道是嚇得看不下去了？

看到于承均睜眼，金似乎吃了一驚，但也並未從他身上下去，一手緩緩撫上他的臉頰，在他頸脖間摩娑著。突然，于承均見到金的雙眼似乎有絲血紅一閃而逝。

「抱歉，今天比較無法克制，吵醒了你。」金嘴上說著，卻沒有絲毫愧疚的樣子。

聽他的語氣，看來已經不只一次試圖……試圖……于承均也說不上來金到底有什麼意圖。

「均……」金伏低身體，在于承均耳邊道：「我無法忍受了，你的氣味勾得我心慌意亂……讓我咬一口就好。」

說著，在于承均來得及反應前，金伸出舌頭舔吮著他的脖子，濕滑的感覺一路蔓延到鎖骨。金邊舔還邊滿足地嘆了口氣道：「老天，你的味道真好！我甚至覺得自己血脈賁張起來了。」

于承均忍著濃濃睡意，心想這傢伙一定又從電視上看了什麼吸血鬼或殭屍電影，拿來現學現賣。問題是，現在不是讓他發揮的好時機啊！

于承均毫不客氣地給了他一拳，罵道：「別吵我。」

不過金今天沒這麼聽話了。臉上吃了于承均一拳後，金依舊趴在他身上，但也不敢造次，只是將臉埋在他的頸窩嗅聞著，雙手不安分地在他身上游移。

于承均無故被吵醒又被亂摸一通，實在很難保持平和的心情。他粗魯地將金掀翻在地，然後將這個不懂察言觀色的傢伙踢了出去。

早上起床，于承均遲緩地步出房間，走到客廳時見葉離正在吃早餐，而金則是安靜地看奪魂鋸第五集。一派祥和之中，金左臉頰上的瘀青更為明顯。

于承均疑惑地問道：「金，你的臉怎麼了？跟葉離打架了嗎？」

葉離馬上反駁道：「誰跟他打啊，我早上起來就那樣子了。而且，他那個應該不能叫瘀青，而是屍斑……」

金伸手摀住「屍斑」，哀怨地瞄了于承均一眼，悶悶地說：「只是跌跤罷了，不礙事。」

這種說法聽起來就像是在學校遭到霸凌的學生，因為不敢聲張而捏造出的藉口。不過葉離並不是會做出這種事的孩子啊……

「我要出門了。」葉離囫圇吞下麵包，拿起書包往門口衝，還不忘提醒于承均道：「師父，你的早餐放在電鍋裡保溫，記得吃喔。還有今天下午的講座別忘了。」

「唔……」于承均打著呵欠隨便應道。

金按下DVD停止鍵，畫面正好停格在片中一個男人將鐵鉤子插入另一人腦袋裡的地方。金怯怯問道：「均，你今天要出門嗎？去哪裡？我可以去嗎？」

于承均走向浴室，「我今天是要辦正事，所以你還是待在家裡就好。」

金失望地說：「是我不能去的那種正事嗎？」

「也不是那樣，只不過那會很無聊。不如待在家裡把昨天借的片子看一看……」

「如果你讓我跟著，我保證不會惹事！」金走到浴室門口，淺藍色雙眼水亮亮地眨著。

于承均咬著牙刷思索道：「倒也不是不可以……」

金從後方摟住了于承均，以迅雷不及掩耳的速度親了他的耳朵，燦爛笑道：「我去看完剩下的片子！」

于承均皺眉擦了擦被親過的耳朵。畢竟金在國外生活過很長的時間，沾染上這種習慣應屬正常，只不過親暱的身體接觸越發頻繁也不太好，至少他自己無法適應。

幸好金還知道分寸，對葉離就不會這樣做，否則肯定掀起驚濤駭浪……

走在大學校園裡，金看起來就像普通學生一樣，雖然學校裡也有不少外國學生，但金俊美的外表還是吸引了大多數人的目光。

金一臉興奮，東張西望地像是在找什麼似的。

于承均小聲罵道：「金，別這樣躁動不安的。」

金一臉神祕地說：「據稱大學校園裡是毒品和濫交的天堂，小葉子跟我講的。所以，我在找有沒有人在幹這些事……天啊，那些人在嗑藥嗎？」

「……他們只是在抽煙。」

考古系大樓位在校園的偏僻角落，外表斑駁龜裂，可見在學校裡不被重視的程度。

「考古系的學生只要研究他們自己的教室就行了嘛。」金雀躍道。

于承均無奈地提醒道：「這種話等一下進去後萬萬不能說，你就裝成旁聽的學生，安靜一點，要是無聊就趴下來睡覺，反正等一下學生也會睡倒一大片。」

金露出吃驚的樣子，彷彿覺得在上課時睡覺非常不可思議。

于承均無謂笑道：「這講座也只是敷衍罷了，證明我對考古有貢獻就行了。畢竟還要靠這個頭銜才能取得詳細的消息。」

金倏地沉默下來，望著于承均欲言又止。

在開始前還有些時間，他們先到了休息室讓于承均準備資料。

金在休息室裡到處摸，但是眼睛一直偷偷往于承均身上瞟。

「什麼事？」于承均眼皮未抬，看著手中文件道。

金期期艾艾地說：「均，我一直想問你，你是做什麼的？」

「盜墓。」于承均簡單俐落地回答。

「為什麼要做這個？」

「個人興趣。」

金擔憂說：「請恕我直言，我想你應該找其他風險沒那麼大的職業。」

「這行也沒什麼大風險，除非賣贓物被逮著。」于承均放下東西，看著金道：「我並不想說冠冕堂皇的話掩飾自己的骯髒勾當，所以，你若是有意見可以儘管提出。」

「不是啦！我只是擔心你而已，上次不是遇到一群人攻擊你們嗎？」金慌張解釋，「要是再遇到那種暴徒怎麼辦？」

于承均淡然道：「那是偶發事件，我做了這麼多年也是頭一次遇上。」

「誰也不能保證沒有下一次，對吧？」

「不會有問題的。」

「這個嘛……人各有志，若是均你喜歡盜墓我就陪著你去。更何況，若你不是盜墓的，我就要一直躺在那個不見天日的棺木裡了。」

于承均思忖道：「聽你提起我才想到，我有個想法，那些黑衣人看起來實在不像盜墓的，別提他們身上沒見到該有的裝備，還攜帶了強大火力。難道他們知道那墓有古怪……」

「什麼古怪？」一個不屬於金的聲音提出問題，語氣聽起來隱含戲謔。

兩人回頭，見到一個男人站在休息室門口。向來處變不驚的于承均這時也有點慌張，但他還是強裝鎮定打了招呼：「午安，教授。」

「這位是……？」男人看著金問道。

「這是金，我遠房親戚的朋友，來這裡留學的。」于承均對金道：「金，這位是羅教授，他負責了國內幾個大型遺跡的開挖和維持，是考古界的翹楚。」

金懷疑地打量這個其貌不揚的中年男人。他個子中等，戴著圓形眼鏡，一頭灰白的頭髮桀傲不馴地亂翹，身上的襯衫和毛衣倒是挺平整，渾身透出一股書卷氣。

在于承均的暗示下，金才心不甘情不願地說：「你好，久仰大名。」

羅教授似乎沒聽出金的敷衍，呵呵笑道：「你的中文講得不錯。」

「教授，您剛下課嗎？」于承均扯了個禮貌的微笑問道。

「不是。你不知道今天有好幾個講座連在一起嗎？我排在你之前，講怎麼分辨死人遺骸的主題，大概有一半學生都睡死了。」羅教授和藹地說：「承均，你要做好心理準備，等一下應該會看到屍橫遍野的教室。」

「難怪學生會撐不住。」

羅教授開朗地笑說：「反正就是這麼一回事，我們上臺去把該講的講一講，學生就在下面把該睡的睡一睡，雙方都不吃虧。」

「難怪學生都搶修你的課。」于承均搖頭。

羅教授還想再扯下去，金在一旁清了清喉嚨道：「均，你再不準備出發，恐怕就要開天窗了。」

于承均忙道：「抱歉，教授，我先失陪了。」

他們收拾了東西走出休息室。走出一段路後，于承均才心有餘悸道：「謝了，我還真不知道要怎麼應付他，看來他應該沒聽到我們的談話。」

「那傢伙看起來瘋瘋癲癲的，就算聽到了大概也不知道我們在講什麼。」金不屑地撇嘴道。

「那位羅教授可不是簡單的人物。他的父親、祖父、甚至曾祖父畢生都獻給考古學，可說是考古家族也不為過。」

「好噁心！」金誇張地大叫，「他們該不會都去考自己祖先的古吧？一代傳一代，後代挖前代……」

「胡說八道！」于承均斥責道：「他們專攻的是明清時代，那兩朝的祕史有極大部分都是因為他們的努力才得以證實。羅教授甚至找到了乾隆皇帝在民間十多位私生子的骸骨……」

于承均忽地停下腳步，讓走在後頭的金措手不及地撞上他。

「均，你要這樣投懷送抱我是很開心，不過下次記得先說一聲，我不太習慣驚喜。」金完全不在乎走廊上投來奇怪目光的學生們，順勢摟著于承均涎皮笑道。

「骸骨……DNA……」于承均喃喃說著。

金蹙起眉頭：「DNA是誰？他長得像骷髏一樣嗎？難道你喜歡那種皮包骨？」

于承均轉過身，面露喜色道：「金，我想到找出你身分的方法了。」

金嚇了一跳，腳下一個踉蹌。于承均連忙扶住他，揶揄道：「你很開心？」

金強顏歡笑，心裡想的卻是，要是他的真實身分被發現的話就慘了……雖然如此，他還是點頭問道：「什麼辦法？」

于承均難得會露出如此喜悅的模樣，甚至有些呼吸急促。

「我們說不定可以從ＤＮＡ找到你的家族。這是考古中常用的方法，從頭髮或血液確認挖到的骸骨身分。羅教授那裡有一個龐大的基因資料庫，相信一定可以找出你的根源。羅教授還滿慷慨的，說不定可以讓我免費測試……」

金歪著頭說：「你是說，像滴血認親那樣？」

「差不多。」

「我想那應該沒用。」

「怎麼說？」

金舉起手，盯著自己的掌心。「我是因為均你給我的血而生的，所以就算去做那啥ＤＮＡ也沒用。我的一髮一膚、我的生命，都是受之於你的。」

于承均一下子懵了。

「要不，咱們現在就來滴血認親？」金愉快道。

「……先讓我整理一下。」于承均撫著額頭，「你的意思是，你的基因跟我一樣？

這太說不通了，這在生物學上……好吧，你本來就是違反常理的存在。若真如你所說，怎麼你長出的會是金髮……不，這不是重點……」

金無辜看著他，「均，冷靜一點。」

「那麼，你在……變成這樣之前，身上脫下的那層皮呢？我想那應該就可以做為依據。」

「那些死皮實在怪噁心的，我已經丟了。」

聽到如此噩耗，于承均第一個想法是自己還真要多個有血緣關係的兒子出來，愣了好一會兒才了解到，好不容易得來的靈光一閃也徒勞無功了。他不禁有點喪氣，對於這個想法，他有十足十的把握可以成功的……

不過，他只相信眼見為憑。于承均抬頭，嚴肅道：「等一下結束後我們去趟醫院。」

「何事？你不舒服？」

「我們去做DNA親子鑑定，總得要確定才行。」

「……」

Zombie's Love is 100% pure

第五章

「所以，你們真的去醫院做了親子鑑定？」葉離瞪大眼睛問。

于承均沉重地點頭，「我去找了之前幫我處理槍傷的醫生，多付額外的費用他就可以幫忙鑑定，否則金沒身分證明，根本不能做。」

葉離可以想像，于承均這個守財奴對於那筆額外的開支有多心痛，大概也能知道負責的醫生看到這麼樣一對「父子檔」會是什麼反應。

「那麼，阿金的血是什麼顏色？黑色或綠色？」葉離不懷好意地說。

沒等于承均說話，金就自己回答了：「當然是紅色，那是從均那裡得來的血。剛在抽血時，聞著均的血味，我簡直興奮得快坐不住……」

葉離火冒三丈道：「你這個下流的傢伙，終於露出真面目了吧！吸血殭屍！」

金毫不在意，平靜地糾正道：「天地可鑑！我對均抱持的是純潔到連禁欲的修士僧侶都會感到汗顏的單純愛欲……」

「你應該是說愛意吧！」

「總而言之，」于承均打圓場道：「一個禮拜後就知道結果了，希望真不是這種荒謬的答案，否則金可能永遠無法認祖歸宗了。」

金心虛地說：「只要有均，我連祖宗都可以不認。」

「師父，你看到了吧！」葉離像逮到小辮子般大叫，「這傢伙連自己祖宗都不認，怎麼會懂得報恩？說不定哪天肚子餓了，就摸黑進你房間，你被宰了都不知道！」

金嘻笑著說：「這或許是個好方法，小葉子。我還正愁要採取什麼樣的『用餐方式』呢……」

于承均自知無法阻止兩人的唇槍舌戰，乾脆眼不見為淨，獨自陷入沉思。

之前沒做過多餘揣測，如今看來，金的墓、金的身分和那些黑衣人都是疑雲重重。不過現下無法證實金的身分，當然也無從得知黑衣人的目的。

于承均查了很多風水書籍，也拿到墓穴附近的完整地形圖，但除了「破面文曲」外，他實在看不出有什麼特別。養屍地他看過不少，但真的養出殭屍的地方，他還是第一次看到，由此可知那塊地應該沒那麼簡單。

腦子裡突然閃過幾個畫面。一張臉，白皙精緻的，原本散發著和煦笑意的淺藍雙眼變得冷冽，充滿著血紅而赤裸裸的欲望。

于承均撐著頭思考了半晌，開口問道：「金，你昨晚是不是來過我房裡？」

金的表情就像是被老公抓到偷腥的太太一樣，結巴又裝可憐地說：「人、人家只是想看看你，順便摸一摸、親一親罷了……」

聽到金的回答，葉離完全陷入暴走狀態，接下來引發的風暴可想而知。

後來，葉離打算守在于承均房門前，以免那隻下流嗜血的殭屍意圖猥褻自家師父。經過于承均的勸說並強逼金發下了「對均下手就要回棺材裡且永不見天日」的毒誓，葉離才悻悻然回了自己房裡。

是夜。

于承均在睡夢中感覺到一股視線。他撐開沉重的眼皮，不意外地又見到了那雙不同以往的蠱惑雙眼，湛藍而冷清，但血紅色的瞳孔卻發出像肉食動物的野性光芒。

金跨在于承均腰上，隔著衣服，雙手在他腰側和胸口撫摸著。

他嘆了口氣，直視金道：「你真的想這麼做？」

金只是望著他，淡粉色而濕潤的嘴唇翕動著，隱約可見到其後白森森的牙。他並沒有尖銳的犬齒，但于承均覺得金的樣子與其說是殭屍，更像是電影裡的吸血鬼，周身散發著腐敗的馥郁香氣，引誘受害者心甘情願地獻上自己的脖子。

「親愛的……」金用著如呢喃般足以催眠的口吻，「親愛的均，拜託你讓我咬一口就好，聞著你的氣味，我簡直無法忍受了……」

于承均雖然遲鈍，但這些天來他也發現金的改變了，尤其是金對於血肉的渴望更是顯而易見，看來，殭屍終究還是得進食。

就民間說法，殭屍並不是如吸血鬼一樣刺破血管再吸食，而是更原始直接的撕啃，將血肉一塊塊吞下肚。

雖然于承均沒親眼見過，但不管是什麼方式他都不想嘗試。

他平靜地問：「金，替代品可以嗎？我可以幫你找一些乾淨的動物。」這是于承均所能做出最大妥協，天知道新鮮乾淨又沒打抗生素的牲畜有多貴又稀少！

金愣了一下，隨即搖頭道：「我只要你，其他人我都沒興趣。只有你的味道能讓我渾身顫慄，彷彿血液都沸騰起來……」

于承均輕嘆：「你應當是肚子餓吧？如果其他動物我可以幫你想辦法，但是我不能讓你咬我……或者應該說，我相信你不會這樣做。」

金迷戀地看著于承均。這個說著相信他的人現在正躺在他身下，富有彈性的肌膚和結實矯健的肉體讓他不自覺嚥了嚥口水。

他既想用牙齒撕開品嘗那溫熱鮮美的血肉，也想壓著于承均盡情肆虐逞凶……連金自己也無法解釋，在身體裡叫囂的洶湧欲望是食欲還是性欲。

他猶豫了一會兒，低下頭吻住了于承均的唇瓣。

如果只吃一點點呢？吃了這兩片嘴唇就行……

于承均驚嚇得全身僵硬，自己竟然正跟一隻殭屍嘴對嘴……雖然沒有屍臭或什麼噁心感，但他還是渾身起了雞皮疙瘩。

雖然下一刻金可能就會不顧一切地吃了他，但他還是強忍著沒去拿放在身旁的墨斗線——之前為了應付殭屍而弄來的。

金忘我地吻著，稍稍用力地啃咬。于承均吃痛悶哼了聲。

金聽到了耳邊傳來于承均的痛呼聲，這聲音彷彿雷擊般讓他清醒過來。他慌張地爬起，驚愕地退後好幾步，那不可置信的表情彷彿于承均對他做了什麼。

……搞什麼？半夜突然被襲擊，自己才是該驚訝的人吧！于承均心想。

金的表情近乎悲痛，他的內心確實對於自己的行為感到不齒。

他在想什麼？竟然打算吃了這個讓他重獲新生的人！

這些天來，體內渴血的欲望越發高漲，金本以為自己能克制住，但于承均的味道越來越令他無法抵抗，他甚至無法理解，為何其他人類都沒有這種甜美的氣味？

一開始，他只是偷偷地觀望，希望能藉此平息體內的躁動。不過事與願違，他的渴望不減反增，甚至蓋過理智，最後驅使他做出這種不可饒恕的事。

金望著于承均充滿疑惑的臉，悲哀地告訴自己，不想傷害這個男人，只有一個方法。

「均，你殺了我吧，在我鑄下大錯之前。」金眼眶含淚道。

于承均聽到他的話，嘴角忍不住抽搐了一下。

「金……」他邊說邊坐起身，金卻露出害怕的模樣往後退。

于承均有些不悅，翻身下床打算跟金好好談談。

金瞪著他，身體持續後退，叫道：「不要再過來！」

……媽的！

連自認好脾氣的于承均都忍不住暗譙，自己好像成了欺壓良家婦女的流氓一樣。

「金，我們好好談一談。」于承均耐心地勸他，「我相信會有辦法解決你的問題的。」

金堅決地搖頭，「太遲了。再這樣下去，我一定會忍不住傷害你，然後食髓知味把小葉子也吃了，還有這附近的歐巴桑們也都會被我吃掉……」

「你的食欲還真好。」于承均驚嘆。

「我是認真的！均，剛剛我甚至忘了你對我有多重要，心裡還想著，只要把你吃下去，我們就可以永遠在一起了！」金絕望地喊著。

不可否認，金明白自己對於于承均的感情可能近似於某種雛鳥情結——這是金看電視認識的名詞，這種心情只有他明白。

沒人能體會在無邊無際的黑暗中載浮載沉這麼久的感覺，當那道劃破黑暗的光重新點亮他的世界時，他便發誓接下來的生命都屬於那個人了。

充滿生命躍動的血液緩緩滲進皮膚裡，在那瞬間，他能感覺到身體開始重組，那微量的血液變成滾滾泉源在體內流竄。

然後當他睜開眼，第一眼見到的就是撐在棺木旁、負傷而臉色蒼白的于承均。那堅毅的輪廓和漆黑的雙眸，當下便深深刻在他腦海裡。

那時他就知道，這個人就是他犧牲生命也要誓言守護的唯一。如今，他體內的本能卻試圖打破這個誓言……

金猛地抬頭，眼中閃過的凶惡讓于承均微微一顫，但隨即就看到金的雙手緊緊抱在胸前，抓著自己的手臂，陷入肉裡的尖銳指甲抓摳出一道道怵目驚心的血痕。

「金！」

聽見于承均心慌的叫喚，彷彿啟動了金行動的開關。他身體一彈，如風似地迅速掠過了于承均的身旁衝出房間。

此時，于承均只有一個念頭：千萬不可以讓他離開！

金的速度快得不像常人，在于承均稍稍遲疑的瞬間，他便來到了大門口。他只能選擇離開，遠離一切誘惑他的根源。

他打開門，忍不住回頭望一眼。金在心裡默念：再見了，均。

一轉頭，金正要衝出門時，才看到門口站了個人。

他硬生生停下腳步避免和那人撞在一起，不過那矮小的人面對金的急衝竟然不動如山。

金後退一步想看清楚這人是誰。不看還好，看到的瞬間讓金幾乎嚇得肝膽俱裂。那是一張黝黑而布滿皺紋的臉孔，一雙眼睛發出綠幽幽的光芒。那人背上背了條粗大的鐵鍊，樣子就像是從地獄爬上來的索命使者。

那惡鬼陰惻惻地咧嘴一笑，嘴中吐出讓人毛骨悚然的話：「終於……找到你了。」

金毫不猶豫地放聲淒厲大叫：「鬼啊——」

于承均還沒追到人，便先聽到這撕心裂肺的叫喊聲。他連忙衝出去，差點撞上正回頭跑的金。

金面色駭然，一看到于承均便驚慌地說著：「鬼、有鬼！」

他一邊說著，雙手環抱住于承均往裡面推，自己的背後完全暴露在那惡鬼面前。金害怕之餘，心裡只想著至少要保護均免遭惡鬼毒手。

于承均完全搞不清楚怎麼一回事，被金緊抱著，讓他幾乎快窒息了。他努力掙出一隻手，抓著金的肩膀道：「冷靜一點！」

金沒有停下來的意思，只是不停推著于承均。

這時，葉離睡眼惺忪從房裡跑出，外面的吵鬧聲驚醒了他。一出來就看到金試圖非禮于承均，葉離正欲發作，就看到站在金背後的恐怖人影。

葉離馬上以不輸給金的音量叫道：「鬼啊——」

于承均知道情況非比尋常，用力掙脫金的懷抱。見到那人時，他驚訝道：「你是……」

「……咦？」打斷了于承均的是葉離。

他適才的驚嚇表情已然消失，臉上摻雜著恍然大悟和憤怒。葉離伸手指著那人罵道：「你這個老不休，我差點被你嚇掉半條命，不是說過要先通知我們再來嗎？」

「葉離，不得無禮！」于承均喝斥，接著對著惡鬼道：「師父，您怎麼不說一聲突然來了？金，這是我師父。」

金驚疑不定地瞪著這個人不像人、鬼不像鬼的老頭子。他的外表實在讓人很難看出歲數，說他一百歲可能嫌太年輕，說兩百歲的話就不是人了……不過這個老頭子看起來仍相當硬朗，莫不是妖怪來著？

鬼老頭子打量了下金，發出蒼老的聲音問道：「你就是那個殭屍？竟然是個洋鬼子。」

金愣在原地不知該如何是好。

葉離見狀，幸災樂禍笑道：「我就說這老頭長得比殭屍還可怕，連正牌殭屍都被他嚇呆了。」

金半信半疑問道：「均，你的師父是妖怪？」

于承均憋著笑道：「師父是人，同時他也是養大我的人，對我來說，就跟父親沒兩樣。」

金對鬼老頭子肅然起敬，拱手行禮道：「泰山大人，剛才如有得罪請多包涵……」

鬼老頭忽地伸手，用力拉住金的衣襟逼得他不得不彎腰，另一隻手往金的腦門一按一插，金便直直倒了下去。

于承均大驚，連忙從地上撐起金的身體。只見金緊閉著雙眼，而殭屍又沒呼吸脈搏，一時間于承均竟無法辨識他是死是活。

「師父！您對金做了什麼?!」于承均氣急敗壞問道。

「我只是讓他昏過去而已。」鬼老頭若無其事地說，然後解下背上鐵鍊道：「把他綁起來。」

葉離率先發難：「老頭子！你到底要幹嘛？」

鬼老頭看了他一眼，罵道：「你們兩個真是一點長進也沒有，小的這樣就罷了，大的跟了我這麼久，該學的都沒學到！」

「什麼意思？」

鬼老頭指著金道：「今天是十四號，這傢伙要是再放著不管，明天就會發現幾具屍體了。」

葉離嗤道：「您老過得連日子都忘了，要不看看日曆確定一下？」

于承均馬上就知道師父的意思，伸手將金的頭髮捋到一旁，問道：「您說的是農曆十五？他這幾天的異常跟月圓有關？」

鬼老頭皺著一張不能再皺的臉點頭，「誰叫你當初說這沒用，不肯好好學。到了月圓前夕陰氣極重之時，殭屍都會變得無法控制，只想吃活人，你們真該慶幸自己早上起床一根手指頭都沒少。」

葉離驚愕地看著金，實在很難想像他抓著血肉模糊的手臂大快朵頤的樣子。

「不過這傢伙倒是奇怪，我從沒看過形貌如此正常，而且還能思考、保持理智不傷害人的殭屍。」鬼老頭摸著下巴道。

「金他不一樣。」于承均依舊保持著環抱著金的姿勢說道。

鬼老頭搔了搔沒剩幾根頭髮的禿頭，眼睛裡閃著興奮的光芒道：「管他哪裡不一樣，等會兒就會跟死殭屍一樣了。」

他說完便開始在身上摸掏起來，從背後拿出一罐用寶特瓶裝著的黑紅色濃稠液體和一把看起來相當沉重的柴刀。

「我特地去裝了一瓶黑狗血來。」鬼老頭拿著刀在空中比劃了兩下，「用沾滿黑狗血的刀子一刀砍下他的頭，就可以一勞永逸了。」

于承均不悅道：「師父，我並不打算殺他。」

鬼老頭瞪著眼道：「不殺他你要做啥？當寵物養？」

「他是因為月圓才這樣的？如果挺過明天就沒事了嗎？」于承均避重就輕問道。

鬼老頭意興闌珊地垂下刀子道：「應當是這樣吧……好徒兒，你真不殺他？若你怕手髒，為師可以代勞……」

「……」

「好好好，算我怕了你。」鬼老頭嘟囔著將刀子收起，又一臉不懷好意道：「要是將他做成水泥塊，約莫還可以撐過月圓，但之後怎麼辦？」

「什麼之後？每到十五前就將他綁起來不就成了？」

鬼老頭看著于承均，臉上明白寫著真是爛泥扶不上牆的感嘆。「他可是活著的殭屍，你哪時見過活著的動物不用吃飯？」

葉離奇道：「殭屍不是可以吸收日月精華？」

「那你去喝西北風看看會不會飽！」鬼老頭沒好氣說，「你們撿他回來多久了？」

「大約四個禮拜前，正好錯過上一次的月圓。」

「這樣算起來也有將近三十天了，這些天他可是一點血氣都沒沾過？」

于承均回想著金那時猛喝著水的樣子，略帶笑意道：「沒有，他醒來之後只喝過水。」

鬼老頭有些驚訝，嘖嘖稱奇道：「一般殭屍這麼久沒吃點血肉早就發乾了，這洋鬼子殭屍竟能保持正常外貌……」

于承均猶豫地說：「那麼，他還是得吃人？用動物可以嗎？」

「這可不成，動物血對他們來說跟毒藥沒什麼兩樣。喝一點還行，只會狂性大發；喝多了，自己可也要兩腿一蹬，到閻王殿報到了。」鬼老頭走到客廳往椅子上一坐，繼續道：「實際情況到底如何我也不清楚，聽說是四十九天沒喝人血，殭屍就會乾枯力竭而亡。」

「果然……我剛剛應該讓他咬的。」于承均懊惱地說。

「笨徒弟！他現在這樣子你會被他吃得連骨頭都不剩的。」鬼老頭罵道：「等明天過後再去買血袋來，這兩天得看緊他才行。」

Zombie's Love is 100% pure

第六章

于承均在自家師父的指示下，將昏迷的金用鐵鍊捆起來，然後將他塞回冰箱。

冰箱外用墨斗仔仔細細地彈滿了墨線，縱橫交錯的黑線形成無數約莫一公分見方的格子，將防範做到滴水不漏。冰箱外也纏滿鐵鍊並用大鎖鎖上後，才算大功告成。

「師父，有必要綁成這樣？」

葉離驚詫地看著冰箱問道。

于承均點點頭。「你應該還記得那時在墓穴裡的事吧？金可以舉起超過數百來斤的東西。雖然他後來沒再這樣做過，但不能保證他發狂時會不會又展現這種臂力。為了避免他傷害自己或其他人，這樣做是必要的。」

「喂，乖徒兒！」

于承均和葉離對望一眼，沒人想理會他。

鬼老頭中氣十足的聲音再度從客廳傳來：「快來陪我喝酒，咱仨今晚好好促膝長談！」

葉離一臉受不了地說：「天啊，誰去告訴他現在幾點！」

于承均和葉離還是乖乖地拿了幾瓶啤酒出去。

一見到他們，鬼老頭便咧嘴笑道：「有沒有下酒菜？沒有便差小徒孫去買些回來。」

葉離怒氣沖沖地穿上外套，門甩得震天價響。

鬼老頭嘖道：「你這徒弟脾氣比你還差，你怎麼教的？」

于承均哼了一聲，不置可否。

「對了，你給我講講那洋鬼子殭屍的事。」鬼老頭興致勃勃道：「《子不語》裡記載，殭屍可分白殭、綠殭、紫殭。今天卻被你挖上個金毛的，你也算是幹著大事了。我看那殭屍，簡直比好萊塢的布萊德屁特啥的還帥！」

「布萊德……？」

鬼老頭長嘆一口氣，「這是你師娘最近迷上的小白臉，整天抱著DVD看個不停。我一時火大便將片子折了，結果她竟然跟我翻臉……最後還得砸大錢搞個郵輪環球之旅，你師娘才原諒我。」

于承均這時才恍然大悟，之前就想師父怎麼會去郵輪旅遊……

「總之，你可別讓你師娘見到這殭屍，否則她必定吵著要我幫她挖一個。」

于承均點頭應是，而後就開始講起他們發現金的過程。

在聽到金原本是具乾屍時，鬼老頭搖頭道：「這還真是稀奇。屍變原因不出『新屍突變』或是『葬久不腐』，這是歷久不變的道理。」

「不過金的情況完全不一樣。」于承均思忖道。

鬼老頭撫著下巴道：「老頭子我挖了這麼多年墓，殭屍看過不少，但已經乾掉的屍體竟然沾了人血後復活……怪哉，怪哉，這情況應該不能算是殭屍了。」

「那金是什麼？」

「我怎麼知道？我看要找生物學家來鑑定才行，這小殭屍大概是新品種，到時候他的學名可能還會冠上你的名字。」

聽到那群黑衣人的事，鬼老頭眉頭深鎖——這是只有跟著他多年的于承均才能從滿布皺紋的臉上看出。

「我從沒聽過這群人，咱們盜的又不是大墓或是哪個皇帝的陵寢，這種集團式的盜墓部隊理應是沒機會遇上的。」

「就是啊。」葉離插嘴道。他已從外頭回來，脫外套時聽到兩人正在談墓裡的那場惡戰，便忍不住講上幾句，「那些人看起來就是訓練有素，身上的肌肉堪比阿諾，武器裝備比詹姆士龐德還先進……」

「師父，您怎麼看？」于承均問道。

「既然對方如此勞師動眾，就代表那墓裡油水充足，但你也說裡面相當寒磣，剩下的理由主大概就只有墓主才知道了。」鬼老頭瞟了瞟冰箱方向。

「金不記得生前的事，我想可能是死亡那時的打擊太大讓他失憶……至少就平常人來說是如此。您有辦法讓他恢復記憶嗎？」

「我又不是兒童心理專家。」鬼老頭瞪眼道：「你去把墓穴的地形圖拿來。這一帶我從沒去過，裡面應該有什麼玄機。你家那隻殭屍必定來頭不小，要是不快點處理，說不定連保險庫都關不住他——」

後方的廚房猛然傳來一聲巨響，連地板都為之震動。

鬼老頭反應最快，抄了傢伙便往後面急奔。他邊跑邊問道：「現在幾點？」

「剛過十一點！」

「就是了。子丑兩個時辰是陰氣最重之時，看來那殭屍應該是抓狂了。」

他們來到廚房，見冰箱外壁已被打凸一塊，冰箱裡的人兀自劇烈掙扎著，整個冰箱不停搖晃且發出沉重的敲打聲。

葉離吞了吞口水，小聲問道：「阿金如果掙脫出來，真的會把我們吃了？」

「若真是這樣也沒辦法。到時我會盡全力阻止他，你可不要再和上次一樣硬是不逃了。」于承均冷靜道。

「我只是很難想像阿金會這樣做罷了……」葉離吶吶地說。

于承均和鬼老頭全神貫注地注意著冰箱的動靜。

鬼老頭手握著柴刀，盯著冰箱道：「笨徒弟，等一下他要是衝出來，你可別手軟。」

于承均毫不猶豫說道：「我考慮看看。」

鬼老頭啐了一聲，「算了，早知道你這傢伙就是婦人之仁。我帶來的鐵鍊可是有手一握那麼粗，上面還用硃砂寫了易經，他應該沒那麼容易掙脫。」

「……您什麼時候有這些東西的？」于承均驚訝問道。

「每個有自知之明的盜墓人都有！」鬼老頭罵道：「就你這傢伙最不成材，說什麼不相信怪力亂神的事所以不學，知道錯了吧！」

冰箱又猛烈搖晃一下，感覺得出來裡面的人不斷用身體撞擊，試圖出來。

葉離小聲道：「師父，再這樣下去，樓下就要來抗議了。」

于承均正拿著墨斗繼續加強冰箱外的防護，隨意抹了一下額角的汗，道：「放心，金昨天說過樓下的歐巴桑回老家去了，暫時應該不會有人來打擾。」

他有生以來第一次這麼感謝這個冰箱的存在，至少它成功阻擋了金的狂暴動作，縱使搖晃得再厲害，傾斜到某一程度就會碰到天花板，因此才能承受金的力量到現在還不至於倒塌。

金的掙扎一直持續到凌晨三點後才緩和下來，最後安靜得如同睡著一般，只有間歇性的聲響。

守在冰箱外的三人都疲憊不堪，葉離手裡拿著球棒打瞌睡，精力旺盛的鬼老頭也一副委頓的樣子，于承均此時放鬆了緊繃的情緒，頓感睡意上湧。

「好了，暫時沒問題了。」鬼老頭長吁口氣道：「你們也快去休息吧，今天晚上會更辛苦的。」

「裡面情況如何？他恢復神智了嗎？」于承均怔怔看著冰箱道。

「不知道，我也不想冒險打開問他要不要喝杯茶。」鬼老頭隨意地把東西往地上扔，往于承均的房間走去。「先保持這樣，反正他也在棺材裡待了挺久，不差這兩天。」

鬼老頭毫不客氣地霸占了于承均的房間，葉離也在近乎夢遊的情況下回到自己房裡。

等一老一小都安頓好後，于承均認命地從房間壁櫥裡翻出了棉被墊準備睡客廳。當他抱著棉被經過冰箱旁，聽到裡面傳來動靜。

他心中一動，用指節輕輕叩了叩冰箱。

沒一會兒，冰箱內也傳來輕微的敲擊聲，節奏和次數與他剛剛敲的一樣。

于承均思忖片刻，放下棉被，解開冰箱外的鐵鍊，鬆了幾格之後重新鎖上。

然後他大著膽子將冰箱門打開條小縫，輕聲問道：「金？」

于承均無法從縫隙看到冰箱裡的情況，只聽到一陣窸窣的聲音之後，金微弱的回答傳來：「我很好……發生什麼事了？」

聽到金的聲音，于承均總算放下心中大石。他帶著歉意和憐惜道：「很抱歉，我們不得已出此下策。」

金靜靜聽完于承均的敘述，苦笑道：「我完全不記得了，剛剛真的鬧得這麼厲害？你們沒受傷吧？」

于承均從門縫見著道紅光一閃而逝，藉著微弱的燈光他看得分明，那是金的眼睛。心知金還沒度過險境，于承均只能裝得若無其事調侃道：「你不知道你的力氣很大？那時候我們在墓穴裡你舉起那個棺蓋時，我還以為你要往我頭上砸呢。」

「嘿嘿……」金的笑聲聽起來很是愉悅，「我也很驚訝能夠舉起那東西，放手之後覺得全身骨頭幾乎要散架了。我想應該是所謂的腎……腺……」

「腎上腺素？」

「對！就是那個東西的作用吧？」

于承均也不清楚身為一個殭屍身體裡是否會有那種腺體，因此保持沉默。

「當時看到你有危險，我的身體就自己動了起來。」金像在回想似的，聲音裡帶著幾絲不確定。「那時我沒想這麼多，後來子彈打在身上卻沒事時，我才知道自己已經變成這副德性……」

于承均感到胸口微微一窒。

「不過，我很慶幸自己變成這副模樣。如果吃了顆子彈就掛了，我要如何保護你？」

于承均抬眼望向冰箱裡，依舊什麼也沒看到，但他能感覺到金熾熱的目光緊緊鎖在他身上。「金，你……」

「從醒來那刻我就決定了，我接下來的生命只為了你而活。若是要死，也希望能夠為了保護你而死。」

金這番像電視劇臺詞的話說得誠摯，沒有任何他平日慣用的混雜腔調。不得不承認，于承均的確被這番話打動了。雖然他也曾想過自己有天會遇上能讓他說出這番話的女人，倒是沒想過今天會從一個殭屍口中聽到。他並不想將這解釋為愛情，希望金只是想報答他的救命之恩……

于承均花了些時間斂下浮躁的心神，才淡淡道：「你莫不是將我當成你的父親了？」

「不是這樣的，均。」金認真地說，「我這是在告白，利用這時候自己悲慘的處境，能夠有效獲得對方的憐憫和好感……不過也有可能會達成負面效果。」

「……聽你這樣說，我似乎該生氣的。」于承均嘆道。

「均，讓我握握你的手。」

金纖細修長的手指從冰箱門縫裡伸出來，于承均躊躇了下便緩緩握住。金的手細膩冰涼，和自己的粗糙溫熱截然不同。

「你要出來嗎？我想一下子應該可以。」于承均忍不住又犯了容易同情別人的濫好人毛病，溫聲地說。

「這樣就好。」金撫著他的掌心，稍稍用力地反握。「我擔心自己控制不住，傷害了你們。」

于承均看著他的手，赫然想起昨晚金強自忍耐而青筋畢露的樣子。

「你的手臂還好吧？我幫你上藥。」

金開心地說：「你真關心我……雖然知道你對誰都是這樣，不過我還是很高興。這點小傷不礙事，否則之前那麼多子彈打穿我的身體，喝水都會漏一地。」

「……會痛嗎？」

「一點點。」金的手有些發顫，「不過我喜歡這種痛覺，讓我感覺自己還活著似的——」

「不需要靠這樣做來確定。」于承均堅決地說，這句話脫口而出的速度連他自己都感到訝異。「你確實是活著的，有血有肉。」

「均……」

金的聲音有些哽咽，將臉湊了過來。于承均可以看見他的雙眼閃動著感動的水光。

「如果你能讓我親一下，我此生無憾矣……」

于承均迅速抽回雙手，無情地說：「好好休息吧。能不能度過還是要看你能否堅持下去。」

語音剛落，他便不顧金的抱怨將冰箱門關上並重新鎖緊。

三人似乎都沒睡好，到了中午後才陸續起床。

「師父，您要不要再去睡一下？眼袋都浮出來了。」于承均擔心地說。

……鬼才看得出來這老頭的眼袋在哪，根本都皺成一團了！葉離邊揉著眼睛邊在心裡吐槽。

不過鬼老頭搖頭道：「咱們吃個飯，酒足飯飽後就要準備上陣了。」

「咦？不是等到子時嗎？現在還大白天耶。」葉離疑問道。

「今天月圓，而且從酉時開始陰氣就會變重。兩個加乘起來，等會兒那殭屍的威力不容小覷，大概再晚一點就會發作了。」鬼老頭凝重地說。

葉離心裡算了半天，算出酉時是下午五點，若是要撐到丑時結束……整整十個小時！

葉離馬上自告奮勇開口：「我去買糧食和提神飲料！」

「老頭子我不喝那個，給我買酒回來！只要有酒，管他是什麼妖孽，我人擋殺人、佛擋殺佛！」

「您要喝酒也可以，不過請先付錢。」于承均冷酷地說。

「你這小子還是這麼小氣！真是……」鬼老頭邊咕噥邊在身上摸掏，「想我含辛茹苦養你長大，連賒個帳也不行……」

「您大多數時間都在地底，而我也是自己賺錢生活並完成學業的。」于承均伸手接過錢，「不能賒帳則是因為您一定會賴帳。」

于承均將錢交給葉離，輕聲對他道：「別買太多酒，你師公到現在還沒酒醒。」

待各人去做各事後，于承均想了想，又來到冰箱前。

「金，你現在感覺如何？」他打開冰箱門問道。

良久，才聽到金氣若游絲地回答：「我好餓……如果均你肯親我一下應該會好一點……」

「撐著點，因為怕你吃了東西後力氣大增，所以要請你暫時先餓著。」

金沮喪地說：「世事豈能盡如人意？我但求一吻罷了……」

于承均只是皺眉。

「對了，均，這個給你。」

金的手從冰箱門縫伸出。于承均接過，第一個想法就是：這東西一定很值錢！

那是一塊兩片合一的玉玨，約莫半個手掌大小，圖樣是相當傳統的龍鳳祥雲，雕工精緻，上面穿了條細紅線。稀奇的是這塊玉玨通體血紅，觸感光潤冰涼，一看就知道是上好的玉。

想必這個是金一直放在身上的，帶金回來之後，從沒檢查過衣服裡是否有其他陪葬品，所以才會漏了一個值錢的寶貝。

「這是……紅玉髓？」于承均疑惑問道。

「不，就我所知這應是血玉。」

血玉是出產於西藏的一種玉石，玉色鮮紅如血，俗稱為高原血玉。由於數量極為稀少，古時候是進貢到宮內的珍品。流傳至今，竟然沒幾人見過真正的高原血玉，而它為何會呈現血紅色也無從得知。

如今市面上的血玉大部分是人工染色或是內含氧化鐵，以于承均的眼光也看不出手上這塊是真是假，但玉的質地之好的確是他平生僅見。

「有了這個東西，難怪你可以誇下海口說玉市裡都是不值錢的破爛玩意兒。」于承均笑道。

金握緊于承均的手道：「這東西是我從小戴在身上的，我母親說要將它贈給自己的心上人。若是兩情相悅的時候，這玉就會變暖……當然，貼著身體它自然也會暖起來。」

聽著金的語氣有幾絲尷尬，于承均只是含笑不語。

「雖然它身上有著這種無稽的傳說，你必定是不信的，不過這對我來說意義重大……我希望你能收下。」

于承均握緊了手，可以感覺到圓潤的玉玨在掌心漸漸生熱，沉重得幾乎要脫手了。他抬起頭，對著冰箱裡的金道：「這不應該給我……」

金推回他的手，斬釘截鐵地說：「均，我希望你能收下。這並不代表要你做出什麼承諾，只是我的心意罷了。」

于承均看著門縫裡金懇切的雙眼，著魔似地點了點頭。

三人坐在客廳裡嚴陣以待。

「我仔細想想，果然還是應該在他還清醒的時候就抬到外面去。」鬼老頭摸著下巴道：「等會兒要是把天花板或地板打穿了，你們兩個大概也得跑路了。」

于承均瞥了瞥鬼老頭道：「如果弄壞了什麼地方，我一定會釐清責任歸屬，誰弄壞了就要負責賠償。」

「真是……一點幽默都不懂，跟木頭似的。」鬼老頭不滿地碎念著。

「老頭子，你該不會晃點我們吧？」葉離不客氣地罵道：「現在連八點檔都播完了，根本一點動靜都沒有。」

鬼老頭好整以暇道：「如果以能量釋放來比喻的話，積了這麼久，等一下一定會有大爆發的。小徒孫，你要是害怕可以先離開，老頭子我一人就夠了。」

「師父，你也別跟小孩子計較了。」于承均無奈道。

如果鬼老頭說的沒錯，那麼金一定是強自忍耐著。于承均想起金緊抱著身體甚至還將自己抓傷了，便有些心疼。

他從口袋掏出貼著人體而微微發熱的玉玨，緊緊握著。

鬼老頭眼尖，跳到于承均面前問道：「好徒兒，你拿的是什麼寶貝啊？」

于承均將血玉遞給鬼老頭。他拿起來端詳，驚喜道：「這可是血玉啊！老頭子我活了這麼久第一次看到真的血玉！」

「這是真的血玉？」

鬼老頭在燈光下仔細翻來翻去，不斷點頭。「看色澤就知道這不是那種埋屍體裡用來唬人的血玉，那種血玉會有明顯的微血管絲滲透的紋路。這塊應該是傳世古玉……」

葉離打岔道：「傳世古玉？聽起來好像很了不起似的？」

于承均見鬼老頭看得入迷，便道：「傳世古玉是指沒入過土的玉，在古玉中等級最高。一般古玉大多當過陪葬品，稱入土古玉。畢竟埋在土裡過，外觀總會有些瑕疵。而傳世古玉不斷在人手之間流轉，所以能保持完美無瑕……不過，這塊玉也算是陪葬品，雖然沒有直接入土。」

鬼老頭放下玉珏，一臉詭譎地問：「好徒兒，這東西哪來的？若是你不需要就給我吧？」

「這可不行。」于承均慢條斯理從鬼老頭手上拿回玉珏，「這是金暫時放在我這保管，將來要還他的。」

「喔——」鬼老頭故意拉長聲音，表情看起來若有所思。

霍然一聲巨響打斷了他們的談話。于承均聽得很清楚，那是從冰箱內部發出來的，似乎還夾雜著如野獸嘶吼般的聲音。

「嘖，這傢伙還真會忍，到現在才發作。」鬼老頭瞄了眼時鐘罵道。

他們抄起工具走到廚房，屏氣凝神看著被施加重重防護的冰箱。

金的掙扎是有間隔性的，彷彿渴血的欲望會一下子衝上來讓他無法控制，然後再強壓下去。于承均可以想像金忍耐而撕扯著自己的樣子。

又一次劇烈的掙扎過後，葉離用袖子胡亂擦了擦汗，輕聲地說：「我覺得阿金應該比較像狼人……或是超級賽亞人，因為月圓所以要變身了。否則一般人怎麼可能將冰箱破壞成這樣？」

冰箱外部變形得相當嚴重，門和壁之間也出現了空隙，僅僅靠著束在外面的鐵鍊維持著搖搖欲墜的結構。

于承均點點頭，心想幸好這是師父留下來的沒用的東西，否則實在無法想像可能會造成的財物損失。

在冰箱裡如困獸般的金，雙眼赤紅，臉上青筋一條條浮了出來。見到站在外面不過幾尺的三人，更讓他亟欲脫出這個牢籠，想盡快嘗到鮮美的血肉。

他們並未完全限制住金雙手的自由，只將上臂和身體綁在一起。而現在他的手緩緩伸出冰箱，搭上了綁在外面的鐵鍊上，尖銳的指甲搔刮著，發出令人顫寒的金屬摩擦聲。

鬼老頭見冰箱快撐不住了，往懷裡摸出幾枚棗核釘扣在手上，將柴刀遞給于承均道：「要是他衝出來，我先限制住他的行動，你就見機行事，把他的頭砍下來……」

于承均顫聲道：「千萬不可以殺他！金不是胡作非為殘害他人之輩！」

「你別迂腐了！難道要等他咬人再收了他？」

「我只是認為以先發制人為首要目標，沒必要多做無謂犧牲。」

于承均緊握著拳頭，他也無法確認自己是否存了私心。

若是在墓穴裡遇上其他殭屍，他應該會毫不猶豫地下手以確保自己安全。但這個不是別人，是會笑會怒、愛看電視又膽小、死皮賴臉地纏著他的金……

葉離從鬼老頭手中搶下柴刀，昂然道：「這讓我保管。我也不贊成殺阿金，他並未傷害人，我們憑什麼殺他？難道師公您看過有人怕狗咬人，就先把牠的牙齒拔光嗎？」

鬼老頭看著固執的兩人無奈罵道：「你們兩個兔崽子，師父徒弟一個樣！」

葉離不甘示弱回嘴道：「我師父可是他師父教出來的，但我就不知我師父的師父是不是……」

嘴皮子未耍完，就聽到金因為無法掙脫發出的怒吼。他抓著鐵鍊瘋狂地搖晃著，似乎想用自己的力氣將冰箱撞倒。

于承均心道糟糕，由於冰箱後面有散熱器，墨線沒辦法畫得完全，因此他們便讓冰箱緊靠牆壁。要是弄翻冰箱，後面就會成為罩門了。

于承均和葉離連忙衝上去合力頂住冰箱不讓它翻覆。冰箱的尖角已經在天花板留下一道道深刻的凹槽，大概再用力一點這個龐然大物就會倒下。

見到人靠近，金似乎變得更興奮，手伸出冰箱亂抓一通。于承均臂上吃了一下，留下鮮血淋漓的爪痕。

金舔了舔殘留在自己手上的血，嘴角帶血的樣子竟有種說不出的魅惑感。

他咧開嘴，露了個天真的笑容道：「均，快放我出去，我已經沒事了。」

于承均瞄了時鐘，現在是午夜十二點。

他面無表情道：「抱歉，你還不能出來。」

金漂亮的臉瞬間扭曲，用力扯著冰箱外的鐵鍊發出尖銳的叫聲：「快放我出去！我要吃了那個小鬼當前菜，而均你就是主菜！我真是迫不及待想吃了你，吸吮你體內溫熱的鮮血一定是種極致的快感！」

三人沉默了半晌，葉離才戰戰兢兢地小聲問道：「怎麼跳過師公？」

金沒回答，瞥了鬼老頭一眼後轉過頭去。

于承均尷尬地咳了下道：「可能是口味不同……」

鬼老頭面目猙獰，看起來比金還可怕。他惡狠狠道：「你這黃毛殭屍也懂得挑嫩薑！老頭子非要讓你見識一下百年老薑是什麼味道！」

鬼老頭從懷中掏出八卦，恫嚇似地在金面前揮著。金無法直視八卦，只能左閃右躲，在冰箱裡齜牙咧嘴地鬧得更厲害。

「老頭子，拜託你別幫倒忙！」葉離氣沖沖罵道，背後靠在冰箱上使盡吃奶力氣不讓冰箱倒塌，「我已經快頂不住了！」

鬼老頭奸笑兩聲，將桃木劍伸進冰箱裡像逗弄野獸般戳著金。金血紅的雙眼圓睜並尖叫著，那聲音的頻率高到在場三人都覺得難受。

「師父！」連于承均都動了氣，捂著耳朵厲聲道：「請別再做出這麼幼稚的舉動，否則我就要跟你算算之前被你打破的唐三彩瓷瓶的帳了！」

鬼老頭像觸電般震了一下，剛剛囂張的氣焰瞬間消失。他心虛地說：「你、你怎麼知道是我打破的？」

于承均冷笑道：「我在馬桶水箱發現的，您以為藏在那裡就萬無一失了嗎？不僅如此，我想師娘一定會對您藏色情書刊光碟的地方很有興趣……」

鬼老頭立刻丟下桃木劍哀求說：「這件事千萬別跟你師娘說，否則大概要火星之旅才能讓她消氣——」

雖然鬼老頭放下了劍，不過他適才的行為已經成功激怒了金。金嘶吼著不停用身體撞著冰箱門，圈在外的鐵鍊快扯斷似地繃得極緊。

「……阿金應該不會這麼猛，把鐵鍊掙斷吧？」葉離的腳使勁蹬在櫥櫃上，渾身都被汗水浸濕。

于承均也好不到哪去，一邊還要注意別被金伸出的手抓到。

「他力氣再大也不可能，再撐一下就行了。」于承均目光瞄見冰箱側，看到那個東西時他才猛然驚覺，就算金的力氣不可能拉斷鐵鍊，但是……

「鏘！」

說時遲那時快，于承均的疑慮馬上成真。冰箱側扣著鐵鍊的兩道機車大鎖，其中一道已經撐不住金的力量，硬生生彈開了。

于承均看著剩下的一道鎖也已經開始變形，想也不想就大喊：「葉離！離開冰箱！」

葉離動作倒也迅速，立刻撤了力道往旁邊一滾。

「砰！」

就在他們離開冰箱之際，隨著轟然巨響，冰箱門一下子彈開，撞到對面的櫥櫃上。已經逃到一旁避開的于承均還來不及為了打壞的櫥櫃扼腕，就看到金從冰箱裡衝出，毫不遲疑地往自己奔來。

鬼老頭見狀，手上扣著的棗核釘就要發射。金彷彿背後長了眼睛，伸腳往後就是一踢。鬼老頭猝不及防，棗核釘被踢飛出去。

于承均也沒閒著，一看到苗頭不對，馬上拉開手上的墨斗線往金的身上丟。墨斗線的頭加了紡錘，稍用點巧勁，拋出去的墨線在金的脖子上轉了幾圈，然後緊緊纏住，立刻緩下了金的動作。

金面色痛苦地抓著纏在脖子上的墨線，但雙臂被綁著根本無法施力。他略為遲疑了一下便繼續往前奔。

鬼老頭深深一吸氣然後用力吹出，嘴中吐出枚棗核釘，直往金的背後插了進去，正好釘在鐵鍊的空隙處。金腳下一滯，整個人往前摔倒。

鬼老頭出手迅捷如電，另外六枚棗核釘「撲」的一聲已經釘入金的背脊處。他回頭從愣著的葉離手中搶過柴刀，一轉身將刀高高舉起，竟然就往金的頸部砍去。

電光石火之際，于承均也顧不得是否會砍斷他的手，就拿了手中的墨斗探去，硬是接下這一刀。

墨斗應聲而裂，柴刀也在于承均手掌上劃了道極深的口子。

鬼老頭看徒弟見血，也不由慌張丟開刀子，破口大罵：「蠢徒弟！要不是老頭子下手時緩了一緩，你的手就要廢了！」

葉離趕緊衝上前，七手八腳地幫于承均止血。于承均握著傷口毅然地說：「金已經無法動彈，沒必要下殺手。」

「不趁現在一絕後患，難道你還要等他下次發作變得更凶猛嗎?!」

面對鬼老頭的質問，于承均依舊固執地說：「我不在乎每個月綁他幾天，反正不花錢。我和師父不同，我年紀還輕，熬幾天夜無所謂。」

「……氣死我了！」鬼老頭瞪著眼睛，卻也拿于承均無可奈何。

于承均沒理會老頭子的暴跳如雷，逕自將趴在地上的金翻了過來，只見他眼神渙散，剛才凶暴的模樣已不復見。

他抬頭一看，時鐘指針剛過寅時，最難熬的時間已經度過了。

于承均將金抱在懷裡，稍用力地拍打他的臉頰，試圖喚回他的意識。金朦朧的雙眼逐漸聚焦，恢復了應有的澄澈淡藍。

一見到于承均，金露了個虛弱的微笑，「均……」

「應該是沒事了。」于承均鬆口氣，抬頭跟兩人道。

「你做得很好，金。」于承均唇角微微勾起，連眉眼都帶著淡淡笑意。

金費力地撐著眼皮，目不轉睛地看著于承均。

「均，只怕……我是不成了。」

于承均這時才注意到，金的臉色發青，雙頰似乎也失去了原有的光澤。

……怎麼回事？于承均手忙腳亂地解開纏在金身上的鐵鍊，隨著鐵鍊落地，金的身體像爛泥般癱軟在他身上。

「師父！」于承均焦急叫道。

「嗯……」鬼老頭摸著下巴，沉吟道：「那個棗核釘本來就是專剋殭屍、置之死地用的，而他這麼久未進食大概是很難撐得住，再這樣下去只怕……」

鬼老頭話未說完，于承均急忙讓金靠在他身上，將其背後的棗核釘一枚枚取出。

所幸棗核釘只有一個指節長，真正刺入身體的部分大概只有五公釐。

取出棗核釘後，金的臉色仍然未改善。于承均盯著他乾裂的嘴唇，知道金一定得進食才是。

他舉起受傷的手，傷口才剛止血，粉紅色的肉外翻，可見剛剛那一刀劃得頗深。

于承均用力握緊手，並用指甲摳進傷口裡，不意外地看見傷口開始汩汩滲血。

血沿著掌紋慢慢匯聚在一起，然後滴下。于承均撐開金的嘴，讓血液滴入。嘗到了血味，金的嘴唇翕動著，接著迫不及待地往血源方向湊去。

于承均任憑意識不清的金像個嬰兒般抓著他的手吸吮，金還用舌尖舔舐著傷口，軟滑的觸感引起傷口陣陣刺痛。

血對金來說比市面上任何強調回春的保養品都有用，而且立即見效。他的臉色慢慢恢復白裡透紅，嘴唇也變得水潤光澤。

看到這明顯的改善，于承均也露出寬心的表情。

葉離和鬼老頭瞠目結舌地看著兩人的舉動。

「這小子還真是衝動。」鬼老頭無奈道：「我只是想說這金毛殭屍大概是餓壞了，他便急著餵血給他，搞得一副生離死別的樣子……」

葉離面色不善，只是冷哼一聲。

Zombie's Love is 100% pure

第七章

用餐完畢的金陷入沉睡。于承均相當擔心，因為金從沒睡過覺，但目前他也束手無策，只能將金搬上床，等待他醒來。

接著，于承均走到廚房，痛心疾首地算著這一次造成的財物損失，並暗自下了決定，下一次在金發作之前還是要帶他去其他人煙稀少的地方……沒有私人財物的地方。

「小氣的徒兒啊，我想你應該考慮叫那金毛殭屍賠錢。」鬼老頭突然冒出，看見于承均如喪考妣的臉就知道他在想什麼，於是幸災樂禍地調侃道。

「我也在考慮要讓金開始打工，興許幫忙做些家事或一起盜墓。」于承均頭也沒回道：「至於師父您造成的損失……」

鬼老頭大聲地咳嗽，藉此轉移話題道：「咱們來看看金毛殭屍是出自什麼地方的吧！」

于承均拿出之前拍的地形照片和資料給鬼老頭，連金原本身上穿的衣服和頂戴也拿了出來。

鬼老頭邊看邊嫌棄道：「拍這什麼照片?什麼鳥都看不出來。要仔細一點的，只有這座山頭怎麼看？」

于承均指了指照片道：「這張照片可以明顯辨認出地勢，確實是個養屍穴沒錯。」

「所以我才說最好是整座山脈的詳細照片，否則光這山頭也只能看得出是養屍穴。」鬼老頭摸出一桿煙斗，開始吞雲吐霧起來。「那地方八成有其他風水穴藏在裡面，否則怎麼會養出一隻這麼奇怪的殭屍？」

于承均點點頭：「我還注意到一件事，金身上的傷口癒合很快。」

「他的傷口能癒合?!」鬼老頭驚詫道：「一般殭屍其實就跟死了沒兩樣，身上的皮膚絕不可能再生。」

「果然是這樣？」

「《子不語》裡說，人死後身體裡一口氣沒散去，就有可能變成殭屍。」鬼老頭凝重地說，「這一口氣指的就是『魄』。而這隻黃毛殭屍不僅能像活人一樣思考，甚至還有再生能力，這就說明他並未死透。我想，他的魂魄應該沒全部離體，至少還有『魂』存在，才能造就這麼奇怪的東西。」

于承均蹙著眉頭，心裡不知道在想些什麼。

鬼老頭一臉陰險地笑道：「這小殭屍的身分倒是越來越匪夷所思了。關於他的身分，你可有頭緒了？」

于承均嘆道：「我實在沒辦法找出金的來歷。之前去過大學查資料，但我查遍了當時外國領事館的出入境資料，也沒查到半個符合的。」

鬼老頭沒應他的話，自顧自拿起金的壽衣——雖然是清代朝服樣式[1]——饒富興味道：「這是他身上穿的？有意思。」

「哪裡有意思？」

鬼老頭白了他一眼，又開始訓道：「就叫你要認真一點，這個不學那個不學的，你以為哪個師父可以讓你這樣挑？」

「那是因為您的觀念太落伍了。」于承均挖苦道：「盜墓這行越來越難做，現在大家都搞火葬，現存的古墓也被挖得差不多了，大概幾年後就沒墓可盜了。」

「這、這是兩回事啦！臭小子，別模糊焦點！」

正當兩人為了盜墓業的遠景爭執不休時，金睜開了眼。

1 傳統壽衣為明代服裝樣式，相傳源自於吳三桂降清時的要求：生時穿清服，死後著明服。現則泛指死後穿著入殮的衣服。

嘴裡還有淡淡血腥味，卻不會讓人覺得噁心。這味道讓他魂牽夢縈了許久，至今終於真正嘗到。金能感覺到吞下的血液化為一股股暖意流向四肢百骸，這種甜美的感覺卻讓他感到沮喪。

他已明白自己得靠活人血肉才活得下去，但在他嘗過了均的味道後，又怎麼能接受其他人的？可他也不願均為了他傷害自己……

金明白身體渴望撕裂血肉的感覺。縱使平常壓抑得下去，但將近月圓時就難以克制。

其實記得自己發狂時的樣子和想法。當時的他，除了食欲外完全無暇想到其他東西，站在面前的人就像是一盤盤料理好的佳餚，等著他去享用。連于承均也是，自己只將他看做一道極品料理罷了。

這回雖然撐過了，難保下一次不會變本加厲，他可不希望自己清醒後見到的是一堆斷肢殘骸。金縮回被子裡。雖然他冰冷的身體無法使被窩暖起來，但這被子裡有于承均的氣味。聞了半晌，他才慢慢起身。

金一走出房間，于承均馬上敏感地察覺，走到廚房旁等待金出現後，關切道：「你還好吧？會餓嗎？」

鬼老頭酸溜溜道：「師父我怎麼就沒人噓寒問暖？」

「如果師父您願意將之前賒欠的帳還清，我自當明白怎麼做。」

金看著于承均包紮起的手，輕聲地說：「你讓我喝了你的血……」

「避免浪費。」于承均振振有詞道。「既然你需要喝血，比起去外面買血袋倒不如用自家產的。你沒見過在家裡種菜卻不吃、還要花錢買菜的人吧？」

金愣了愣。他活了二十……一百二十年，真沒見過比于承均還節儉的人，為了省錢竟把自己當成如乳牛一般……金更加確信了，于承均的確是個承襲傳統美德的人，而他也毫不掩飾地將想法說了出來。

鬼老頭嗤之以鼻道：「那叫摳門！小氣！你這黃毛殭屍的觀念需要好好導正才是。」

……于承均第一次覺得這個講話比放屁還不可靠的師父說到重點。

「對了，均，這個……」金支支吾吾地問，「這個冰箱……怕是無法修理了吧？」

于承均掂了掂冰箱門的重量道：「嗯，算是完全報廢了。賣給收廢鐵的大概還能回收幾百元。」

金悲傷地看著解體而且歪七扭八的冰箱。它的空間雖小，畢竟也陪他走過一段時間，他們之間已經產生了某種無法分割的感情。

于承均見金傷心的樣子也覺得於心不忍，便柔聲道：「總會有方法的。要不……我將它敲回去？」

鬼老頭馬上大罵：「小氣鬼！我以為你是要買個新的！這個爛成這樣只能熔掉重鑄了！」

「師父，您該回去了。」于承均毫不客氣地下了逐客令，「我想師娘應該很生氣，畢竟您在旅途中跑掉……」

鬼老頭氣鼓鼓地道：「現在回去，我一條老命就要賠上了！我可是趁船在英國利物浦靠岸時跳了下來，趕緊買了機票千里迢迢飛了回來。照理說，你還得跟我算算機票錢咧！」

「搭飛機的又不是我。」于承均一口回絕。

金見兩人似乎處在一觸即發的態勢，便露出個諂媚的笑容對鬼老頭道：「泰山大人，您一路舟車勞頓，小婿卻一直沒能正式向您請安，請您務必見諒。另外，小婿想斗膽請您……」

鬼老頭似乎對於金的卑躬屈膝很是受用，沒待金說完，就勾住他的脖子讚道：「你這小黃毛殭屍滿有意思，該有的禮數也沒少。如何？爺爺帶你一起盜墓去？」

金連忙搖頭道：「這可不成，若您是爺爺的話，我就成了均的晚輩了……」

「就這麼說定啦！過幾天就帶上你！」

「等等。」于承均不悅道：「您說盜墓？是什麼樣的墓？怎麼沒聽您提過？」

「嘖，現在不趕我了？」鬼老頭得意道：「這次來找你，其中一半是為了這檔事，另一半就是關於這個墓了。我雖說已經半退休了，身手可不能閒下來，有個墓我怕自己應付不來，想讓你一起去。機會難得，也帶著兩個小毛頭一起去吧。」

于承均思忖了半晌才道：「如果要我一起去，那是代表這個墓存在危險？是什麼墓？」

鬼老頭清清喉嚨道：「我下飛機時先到老朋友那裡晃了晃，他說約莫是一百五十年前的清代墓，據傳是同治皇帝某個還未出生就夭折的孩子，想必好貨不少。」

于承均訝異道：「有這麼個墓？看來真要好好了解一番才是。」

鬼老頭正吹噓那墓裡有多少價值連城的寶物，于承均忽地發現一旁的金臉色發白，身體直打哆嗦。

「金，你會冷嗎？」于承均問了個連自己都覺得很蠢的問題。

「傻子！」鬼老頭馬上答腔：「他是殭屍，怎麼可能會冷？你看過穿毛皮大衣的殭屍？」

金瑟瑟發抖看著兩人，像是下了很大的決心開口，聲音裡充滿哀求：「均，泰山大人，這個墓……能否別盜了？」

于承均正想問個清楚時，鬼老頭率先開口了：「為啥不能盜？難不成你跟咸豐老兒是親戚？」

金的臉頓時變得慘白，緊閉著嘴不說話。

鬼老頭見狀，陰森森地笑道：「終於逮住你的把柄了。」

于承均冷淡地制止鬼老頭繼續說下去，轉過頭躊躇半晌，艱難地開口道：「金，看來你並非不記得生前的事，希望你能解釋清楚。」

金愕然道：「原來……你們串通好套我的話？」

看見金不可置信的表情，于承均心中一緊，怕是以後難以獲得他的信任了吧，雖然早知會有這種結果，但他還是不想見到金受傷的樣子。

于承均握了握拳，嘆道：「金，這是為了你好，而且我也不希望在這房子裡有任何瞞騙。我原以為你應該是信任我的，若是有什麼事讓你執意隱瞞下去，那麼，我會很難過。」

金慘然一笑，輕聲地說：「均，我有我的苦衷，只怕講了之後，我的命就不保了。」

于承均聞言，才猛然覺得自己做錯了，竟將金逼到這種地步。他從未想過金所隱藏的祕密是如此，要是……

他知道自己不是個體貼的人，總是將自己認為對的事一廂情願地加諸在他人身上。他明白金對他的感情和依賴，於是便仗著這感情，認為金可以體諒他做的任何事，縱使可能會傷害到金自己……

鬼老頭見自家徒弟一副失魂落魄的模樣，粗聲道：「就知道你會心軟。不過今天這事一定得解決，要不我就直接讓這小殭屍伏誅，以免他藏著什麼壞心眼。」

……金不是這樣的人！于承均咬牙想著。和金相處了一陣子，明白他怯懦或輕佻的舉動雖然做作，卻都是他真正情感的體現。誰會曉得在那燦爛的笑容下藏著一個天大的祕密？自己今天卻親手撕裂了金苦心經營的一切。

他並未想過會將金逼得走投無路，也恨自己的魯莽。

于承均抬起頭毅然決然道：「剛剛我也跟您講了，若是金不願意說，沒人能逼他開口。我答應過要保他周全，若師父您要跟他動手，請恕我不准。」

鬼老頭氣極，正欲大罵時，金上前阻止兩人。

他擠出一絲笑容道：「事到如今，不說也不行了。」

「金……」

金臉帶悲傷地說：「金並不是我的名字，而是我的姓……不，應該說是後來改的姓。」

「……後來的姓？」

「我出生於正黃旗愛新覺羅氏，名叫奕慶。那時是光緒十七年。」金不疾不徐地說，語氣帶著些不易察覺的顫抖。「我老爹是愛新覺羅載湉，前朝的……前朝的光緒帝。」

于承均一時腦袋轉不過來，這……跳TONE跳太大了吧?!

鬼老頭也是一臉驚訝，不過比于承均鎮定許多。

「我果然沒猜錯，只不過我本是猜你是哪個親王的兒子，原來是那個倒楣蛋……咳，沒想到光緒帝還有子嗣留了下來。」

于承均不是那種遇到不可思議的事就捏自己臉皮的人，不過盜墓挖出個擁有皇室血統的洋鬼子殭屍，這種劇情實在太脫離現實了。

「見到那塊血玉時，我就猜你來頭不小。」鬼老頭打量著金，「後來見到你身上穿的衣服和頂戴，那些是只有親王和貝勒以上的等級才能用的，也就大概猜到你的身分了。」

「我生前的確被封了親王，只不過那時老爹已被囚禁在瀛臺，這命令當然也不作數。」金臉色暗淡地說：「老爹怕他死了之後，親爺爺她……親爺爺就是老佛爺，她都讓我這麼叫。」

聽到了金對於那些歷史課本才見得到的人物叫得這麼親暱，于承均愣了愣，有種時空混亂的錯覺。

「老爹想說冊封我為親王的話，親爺爺就無法下手，但連老爹都被關起來了，其他人在親爺爺手裡也不過是螻蟻一般。我算是幸運的，事先逃到上海租界，因為我有英國籍，所以得到了英國領事的庇護，其他兄弟姊妹全都難逃一劫。」

鬼老頭問道：「如果你是皇子，歷史上怎麼沒記載？」

金聳肩道：「我娘連名號也沒有，身分和婢侍一樣，歷史怎麼會記載？雖然受寵，但身為外國人的她不可能被承認。尤其當時親爺爺仇外，我娘在宮中可說是相當淒慘。幸好後來老爹將她送出宮，她便回英國去了，在船上時她才發現懷上了我。」

于承均胡亂地想，若是清廷王室在這之前沒和洋人混血過，黑髮和金髮父母生出的小孩是金髮的機率應該很低……說起來，金的五官比起一般洋人的確要柔和許多，這應該是體內東方血統的功勞。

「那塊血玉便是出宮時老爹給她的，說是只給心愛的人，讓娘再傳給他們的孩子。娘死前給了我，讓我送給心愛的人。」

鬼老頭驚嘆：「那應該就是野史說的松贊干布送給文成公主的那塊血玉！松贊干布翹辮子將近五十年後，吐蕃與大唐發生戰爭，戰敗之後將血玉做為進貢品送了回來，後來這塊玉就一直在王室之間輾轉流傳，竟傳到你身上了。」

于承均默默掏出玉玨，玉面上的龍鳳栩栩如生，襯著紅得快滴出血來的色澤，在燈光下顯得妖異非常。

金竟然給了他一塊千年古玉，這塊玉的價值已經遠遠超過金錢所能衡量的了。它對金的意義、對金的娘親的意義、對於持有過它的人的意義……

「所以，你們猜對了。」金苦笑道：「我的確是前朝餘孽。現下要將我就地正法或是通報官府都無所謂，反正我本就不該是活著的人……」

「報官？」于承均挑眉道。

「就是條子……還是市長或議員？」金垂頭喪氣道：「我知道紙包不住火，遲早有一天會發現的，沒想到會這麼快……」

鬼老頭一臉不解。

于承均則是思考一會才明白了金的意思，問道：「金，你為什麼要隱瞞這些事？」

金哀怨地看了他們一眼，彷彿責怪他們明知故問。

「我也清楚，執政者對於前朝餘孽向來不會手下留情，我在史書上讀到咱們對於明朝餘黨有多麼殘酷，甚至後來的文字獄，只要和反清復明扯上點關係都不會有好下場……」

鬼老頭搖頭大嘆，責怪于承均道：「你怎麼沒讓他多吸收點現代常識？他該擔心的身分不是前朝餘孽，而是死後復活的殭屍！」

于承均心中暗罵，誰曉得整天看電視的金，連這也不清楚？

他轉向金失笑道：「金，如果你害怕的是這件事，只能說你多慮了。現在……並不流行誅殺前朝人，應該說只要奉公守法，不管你是什麼人，都受法律保護，沒有人能夠因為你的身分而對你做出傷害的行為。」

金瞪大眼睛：「你們……不介意我的身分？可、可我是奪了你們江山的滿人……」

鬼老頭呵呵笑道：「現在可是地球村，所有人都混在一起啦，誰還管你是滿人還美國人？大概只有外星人能引起一些騷動。你這小殭屍當真無知得緊。」

「你們的意思是說，如果我到外面大喊『我是滿人』……都不會有人在意？」

「頂多把你當瘋子罷了。」于承均平靜地闡述。

金愣了好一陣子，才吶吶道：「沒想到過了一百年，連觀念都變了這麼多。」

于承均只覺得啼笑皆非，金為此隱瞞了這麼久，害他絞盡腦汁不斷思考找出金的身分的方法，結果當事人根本什麼都記得……

「那麼泰山大人，您不殺我了？」金遲疑地問。

鬼老頭攤手道：「我殺你做啥？本來想說你藏著的祕密要嘛是身世之謎，要不就是預謀吸乾我徒兒的血之類的。雖然還不能完全證明你並未存著害人心思，不過怕我那胳臂往外彎的徒兒跟我拚命，還是作罷。」

于承均神色冷冽地說：「我都答應您這個逼金說出實話的計畫了……」

「好好，我知道！」鬼老頭舉起雙手，「我投降，我可不想聽你說教到天亮。這樣說起來，你們上次遇到的那些黑衣人，難道知道那裡葬的人是誰？」

「極有可能。」于承均凝重道。

鬼老頭搔了搔肚皮，含糊道：「這事就讓你去煩惱。我也該睡囉，老了身子骨還真是不行了，熬了兩天一夜就渾身不對勁。」

金馬上巴結地說：「泰山大人，請您快就寢吧。待明早起床，不管您要做什麼，小婿必定奉陪。」

「喔，很好，很好……」鬼老頭走回房，口齒不清地應著。

鬼老頭一走，客廳只剩下兩人。

金抬頭看了看于承均，訕訕地說：「均，很抱歉我騙了你這麼久，我以為說出真相之後，你就會拋棄我。我不怕死，只怕你——」

「我明白。」

于承均緩緩伸出手摸了摸金的頭，像在安撫寵物那樣。「你也有你的苦衷，我不怪你。只不過我想知道，要是我沒逼你，是否就打算永遠不說？」

「對。」金毫不猶豫道：「為了能夠待在這裡，我寧願將這些事一輩子藏在心裡。更何況，對我來說，那並不是什麼值得一再回味的事。」

「你不信任我？」于承均瞥了金一眼。

「……我沒想過信不信任的問題。」金羞愧地說。

于承均微微抬眼。「你還有什麼事沒說的，就趁現在多說一些吧，金……還是你希望我叫你奕慶？」

金正經八百地回答：「如果你叫我一聲『親愛的』，我會更開心。」

于承均捏了捏手指關節，喀喀作響。

「我不喜歡下流的玩笑。」

金不滿地咕噥道：「人家連岳父也拜了……真要選一個的話，親愛的均，我想聽你叫我的本名，畢竟這才是我真的名字。」

「奕慶。」于承均從善如流道。

金眉開眼笑，一把抱住于承均道：「大概是許久沒聽到這個名字了，聽起來真奇怪！不過我喜歡你說這個名字時的語氣，你以後就這樣叫我嘛。我也喜歡你叫我金，其實『金』這個名字是來自……」

于承均道：「是你們在清朝滅亡之後改的姓吧？『愛新』在滿州話是『金』的意思。畢竟當時的情勢不明，隱姓埋名較安全。」

金驚詫問道：「你知道？」

「現在仍有愛新覺羅的後裔，他們一直沿用『金』或『趙』等姓氏。」于承均溫聲道。

金看起來有些羞澀地笑道：「沒想到現在這麼開化，我這個做祖宗的還整天疑神疑鬼，真是丟了祖宗十八代和子孫的臉了。」

于承均看著金，回想起他剛來時發生的插曲，忍俊不住道：「看來你會將葉離誤認為太監並非沒有原因。」

金拉著于承均在客廳坐下，邊道：「我搬出宮後，府裡的僕役也是老爹吩咐內務府派來的太監，我一直認為民間一般人家的僕役也是太監……不過小葉子生氣的樣子當真有趣極了。」

于承均拿起鬼老頭留在桌上的啤酒一飲而盡，今晚發生太多事，還真需要一些酒精來幫助思考。

「你應該是在英國出生？你母親怎麼會遠渡重洋到這裡來？」

金正襟危坐，表情肅穆，緩緩開口道：「我娘……是英格蘭普茲茅斯人，那裡是個海港，海軍都從那出航，但並不是個容易討生活的地方。她十七歲時便到倫敦工作，成為當時正準備派駐海外的英國領事的女傭。

「到上海兩三年後，光緒九年清法戰爭爆發，領事似乎想從中撈到好處，便送了些東西到宮裡去討好老佛爺，其中也包括我娘。」

于承均默默頷首。那時會進宮的外國女子多半是舞伎，或是地位低微卻美貌的奴僕。

「當時老爹在宮中勢單力薄，老佛爺還是對他有所忌諱，便安排我娘去服侍老爹，因為她連漢文都不會，完全不構成威脅。唯一能和老爹談心的，就是跟宮中風暴沾不到一點邊的娘。」

于承均能想像，當時慈禧太后獨攬政權，光緒皇帝只是有名無實的傀儡，想必日子一定相當苦悶。

「我娘一開始只是覺得這個年輕小皇帝很可憐，便努力學漢文以便和他溝通。豈知日久生情，我娘甚至接受了她最詬病的一夫多妻制，默默看著老爹大婚，她卻礙於是洋人，就算老爹親政之後也無法給她名分。」金有些忿忿不平道。

于承均點頭道：「我不會說一些『你要體諒你爹的處境』那種安慰的話。身為男人卻無法保護自己喜歡的女人，實在太窩囊了。」

金抓了抓蓬亂的金髮，露出種像小孩子賭氣般的神情。

「就是嘛……老爹他就是心腸軟又優柔寡斷。我在宮中時好幾次都偷聽到大臣上諫，乾脆趁半夜直接派兵團團圍住儲秀宮[2]，一舉擒下老佛爺，但總是被老爹拒絕。」

「既然你母親是慈禧送去的，那麼應該就是認為她不會造成威脅，但聽起來你娘的處境似乎……？」

「他們在一起的時間久了，自然就引起老佛爺的注意。」金仰頭思索著，「說實在的，老爹對娘不錯，發現老佛爺將矛頭指過來時便將她送出宮，還私下聯絡領事送她回英國。那時是光緒十七年，剛過了元宵，我娘已經入宮八年了。當時還叫她回家鄉後找人再嫁，別回來宮中這個烏煙瘴氣的地方。」

于承均喝了口酒，認同地道：「這倒是真的。」

金搖搖頭。「我娘很生氣，本以為只是出宮避避風頭，沒想到竟是要將她趕回國，她一氣之下就離開了，生下我後也沒打算讓老爹知道我的存在。她說，反正做皇帝的

2 慈禧剛入宮時就是住在儲秀宮，成為皇太后之後遷至長春宮。因慈禧特別喜愛儲秀宮，在五十大壽、光緒十年時再度搬回。

都子孫滿堂，在外面偷生的更多，根本不差我一個。」

于承均笑了出來，開懷道：「我還沒聽過光緒皇帝有私生子，你是第一個。不過這種事還是要問問羅教授，他一定很清楚。」

「我討厭他。」金靳釘截鐵道。

「我突然想起，那時我說可以讓羅教授比對他的基因資料庫找出你的血統，你說你身上的血跟我一樣……那是騙人的吧？怕我知道你的身分？」于承均斜眼道。

「我、我也不確定……」金心虛地說，「不過我真的這麼認為，是你的血讓我獲得重生。」

于承均並無追究的意思，轉移話題道：「你在英國過得如何？你的中文很流利，應該不是短短幾年學的吧？」

「當然。」金得意地說，「我娘其實是嘴硬，她從小就教我漢文，我的漢名也是她取的。只是她教得不太好，我是到了這裡後才真正開始學的。」

于承均想起金變幻自如的腔調，至少可以確定京腔是在這裡學的。「你的父執輩是光緒皇帝，那麼你的字輩應當是『溥』，怎麼會用你祖父那輩的字輩『奕』來取？」

金嚴肅地看著于承均道：「她記錯了。」

「……嗯？」

「娘只記得老爹是『載』字輩，前後是『溥』還是『奕』她忘記了，就照自己的喜好幫我取名。」

……還真是個強而有力的理由。于承均問道：「後來，你母親還是帶你回來認祖歸宗了？」

金往後躺，整個人癱在沙發上，似乎在琢磨著如何開口。

于承均見他的表情就知道是怎麼回事了。媽的，自己還真蠢，在那裡住得好好的，有誰會把孩子帶回戰亂不斷、民不聊生的地方？

他笨拙地道：「你若不想，可以不要說……」

金怔了怔，隨即露出潔白的牙齒笑道：「我只是在記時間罷了。那些事對我來說已經是一百多年前的事了，現在還要為過去的不幸感傷……這違反了我的生活哲學。」

「你的生活哲學？」于承均不客氣地道：「跟你住的這段期間，我只知道你立志看鬼片看到嚇死自己。」

「嘿嘿，那種驚悚感真的會讓人上癮呢。」

「然後呢？」于承均拉回話題。

「我六歲那年，老娘就染上肺病過世了。她託了領事帶我回來，畢竟我也算皇子，對領事來說，這是一則划算的交易。」

金歪著頭比劃著，「那艘船很大，船上有兩百多人。那是我這輩子最痛苦的一個月，我從上船起就開始暈船，暈到上海後也沒能治好這毛病。」

于承均憐憫地看著金。連坐車都會暈的金，在搖搖晃晃的船上待了這麼久，對他來說簡直是種酷刑。

金心有餘悸地道：「所幸我也沒機會再坐船了，否則我一定會跳海尋求解脫。到了北京，我沒受到什麼刁難就順利進宮了，因為老爹認得我和娘相似的臉，還有那塊血玉。」

于承均下意識地摸了摸放在口袋裡的玉玨，觸手溫涼，即使在這寒冷的二月天裡也不會冰冷得讓人難受。

「不過我回來的時機不對。那年正好是光緒二十四戊戌年，我在變法維新前夕來到宮中。」

金打了個冷顫，彷彿很不願想起那些回憶似的。「我記得老佛爺雍容華貴、冰冷地看著我的樣子，還有被高牆圍起、那些長年沒人居住而蕭索的宮闈。」

「慈禧她承認你？」于承均訝異道。

「算是吧。」金摸了摸自己的臉，「她偶爾會讓我過去，聽我講一些母親的事，但她不喜歡我漢語說得太好，所以我會盡量講得怪腔怪調，她便會笑說『洋鬼子就是學不好咱們漢語』。」

「……還真變態。」于承均沉默了半晌之後下了評語道。

金坦然地說：「我倒是可以理解她為何會這樣，當時咱們受到外國的欺壓可沒少。不過維新開始後，她就不再見我了，老爹整天忙著也沒時間理我，我一個人也自在些。」

于承均看著金。雖然他總是嬉皮笑臉的，但沉默時，眉眼會染上淡淡的寂寞。金也走過一段坎坷的人生，他卻表現得很堅強、很開朗……也很令人心疼。

不過隱瞞這麼多事實在不可原諒。于承均面無表情道：「看來過去的事你都記得滿清楚的，記憶力超群呢，金先生。」

金驚慌道：「沒有沒有，我的記憶力一點都不好！只是將零碎的片段隨便拚湊起來罷了，完全不可信！」

于承均可以預料，要是再繼續逼他，金可能又要裝失憶了。「跟你開玩笑的，我沒有責怪你的意思。」

金偷覷著他，「真的？」

于承均點頭。

金放鬆下來，有些怨懟地說：「沒想到均你也會開玩笑，我已經老得無法再承受驚嚇了。」

「我現在坐在這裡聽一個一百二十歲的殭屍講古，你覺得我受到的驚嚇會比你少嗎？」于承均揶揄道。

金痴痴地看著于承均似笑非笑的臉，突然問道：「均，你喜歡我嗎？」

于承均措手不及，連敷衍的話都沒想到，遲疑地點點頭，然後想到什麼似的又搖了搖頭。

金很清楚于承均的心思，那應該是代表「喜歡，但並不是你所希望的那種喜歡」。

他鍥而不捨地繼續問：「你喜歡我哪裡？」

于承均突然覺得像是被女朋友質問一樣。「呃……感激你曾救了我一命？」

金也覺得自己像個小女生般磨磨嘰嘰的，但這答案無論如何都不滿意，還是問道：「均，你覺得我有什麼優點？」

「嗯……」他暗忖，真要他說，還一時說不出來呢。想了老半天才道：「……臉？」

等了許久只得到這麼一個答案，金失望地說：「好吧，至少我還有這個可取之處。」

于承均心道，在當事人面前說他有什麼優點，任何人都會覺得不好意思吧？自己欣賞金的地方就在於他的開朗，還有如蟑螂一般打不死的毅力……如果這也算優點的話。

金再度小心翼翼地問：「均，這樣擅自喜歡你……會讓你覺得很沉重嗎？」

「有一點。」于承均坦白道。

「果然……」金喪氣地躺在沙發上，「反正我就是個像黏在鞋底的口香糖一樣，不管怎麼蹭怎麼刷都無法擺脫。」

「你沒那麼糟。」于承均安慰道：「只是有點纏人又愛說謊……」

金將臉埋進手掌裡自暴自棄道：「而且有色心卻沒色膽，只敢三更半夜趁你睡著後偷襲……」

于承均默默盯著金，心想雖然金的缺點很多，但他並不討厭，相反的還覺得這樣滿可愛……更讓人難以置信的是，「可愛」一詞用在金的身上完全沒有違和感。

雖然金比他還高，力氣也大得驚人，卻會讓人不由自主地想保護他。

于承均分析的結果，大概是因為自己到了該當爸爸的年齡，忍不住就把金當成孩子一樣。

這絕不能和金說，否則他一定會更沮喪。

「繼續說吧，我想知道在你身上發生過的事。」于承均催促著。

「你很想知道我的事？」金雙眼發光地問。

于承均被他問得不知該如何回答。他的確是想知道，但要是肯定地回答，感覺又像是中了金的圈套。

「呃……這應該是人的八卦心理作祟？」于承均支吾道。

金對這答案不甚滿意，但至少于承均表現出對他的興趣，這樣應該算是好事。

「政變後，朝中局勢就變得相當明朗了。老爹的權力完全被架空，一切都掌握在老佛爺手中。」

金苦笑道：「連我這個不滿十歲的孩童也感覺得出來，宮中的仇外情結越發強烈。二十六年時，老佛爺想廢了老爹、扶植其他人，老爹便把我送出宮去，在北京近郊幫我安了一處宅子。那是我最後一次見到老爹和老佛爺。」

「在那之後，你從沒見過你父親？」

「老爹偶爾會派人捎口信給我，因為在宮中也跟被關住沒什麼兩樣，甚至其他事我都是從別人那裡得知的。搬出宮後，我對宮中的了解就跟一般人一樣，他們聽到什麼，我就聽到什麼。」

「減少跟你的連繫應該也是你父親的意思，至少可以避免慈禧對你的關注。」

金點點頭道：「我了解老爹的苦心，他想讓我遠離宮中風暴，只能採取這種不聞不問的方法。後來發生義和團動亂，各國軍隊攻入北京，老佛爺挾老爹逃至西安……這些事都是我聽人說的。」

金閉上眼，神情平靜。「我那時才真正覺得，自己終於脫離了那一切，能夠以普通人的身分繼續活下去……」

于承均淡淡問道：「你不想念你父親？」

「說實在並不會。」金老實地說：「不過很擔心他的安危就是了。是不是又被老佛爺關起來了，晚上是否又睡不好了……老爹看起來非常瘦弱蒼白，與娘敘述的樣子完全不同，我幾乎以為娘說的是其他人了……」

「就我所知，光緒帝的身體越來越差。你見到他時，距你母親最後一次見他相隔七年之久，形貌必定相差很多。」

金做了個噁心的表情道：「才不是咧，一定是因為情人眼裡出西施！娘說老爹身高八尺、虎背熊腰，看起來有多英勇神武……我見到老爹時還以為他是宮裡的管事呢！」

竟然把自己的父親誤認為太監……于承均心想，要是光緒皇帝知道，大概連這兒子都不想認。

「小時候的我不明白，為什麼老媽願意待在那種地方？」金兀自生著悶氣道。「直到現在我才知道，原來她什麼都沒想，只是單純地傾慕老爹，希望能留在他身邊。」

金噗嗤笑了出來，斜斜看向于承均道：「這麼簡單的道理我竟然死了一百年後才明白……均，你知道為什麼嗎？」

于承均假裝沒注意到金怪異的表情，思索一會兒道：「你睡了一百年，突然開竅了？」

金大嘆。「唉……就當是這樣吧。」

不可否認，于承均還滿喜歡看金煩惱糾結的模樣。金的情緒豐富，長得也好看，連帶著生氣或沮喪的樣子都很賞心悅目，自己總忍不住逗逗他。

「後來老爹被關在瀛臺直到病死，我也沒機會再見他。在老爹垂危之際，老佛爺便將其他弟妹們都殺了。我事先得到消息逃到上海，才逃過一劫。」

金垂眸，手指不自覺得繞上髮尾。

他神情黯淡地道：「說起來很窩囊，我雖自認是漢人——應該說，到了後來已經沒有所謂漢人滿人之分，也渴望擁有漢人的黑髮黑眸，但在危急時刻總是要靠自己的另一國籍身分獲救，實在很諷刺。」

于承均稍稍移開目光。他並不喜歡看見金悲傷的樣子，但也不曉得該如何安慰他，政治和種族問題不是輕易就能釋懷的。

「老爹過世隔天，老佛爺也撒手人寰了。宣統帝繼位，我則回到北京過日子。幸虧老爹私下留了筆財產給我，否則我手無縛雞之力也無一技之長，大概很難活下去。」金自嘲地說。

「這……也不能算你的錯，畢竟你所受的教育就是如此，我相信沒幾個皇子在民間能找到工作的。」

于承均認真地說：「即便是古時擁有文韜武略、經世治國之才的王侯將相，也只能說他們生對時代。如果不幸遇上昏瞶君王，最終也不過是路邊餓殍……」

于承均越講越不覺得自己的話能達成安慰效果，只能住嘴。

不過金倒是聽得很開心，興奮道：「均，你簡直比說書的還會講，不過他們的觀念可沒有你開明。」

……于承均並不認為他的話算是讚美。

「宣統三年初，大家都知道大清已是岌岌可危，革命勢力一波接著一波，改朝換代是勢在必行的。那時私底下就說好，若是朝廷真被攻破，咱們就得隱藏愛新覺羅這個姓氏，改成漢人姓氏『金』……這還挺常見的，從大清開始，民間的滿人就開始改漢人姓氏，很多伊爾根覺羅和愛新覺羅氏都改姓『趙』。」

金回想著過去，一手玩著自己的髮絲道：「不過我還沒來得及用上這個新姓氏，就被人害死了。」

于承均沉靜的雙眼流露出些許不明情緒。

「你記得怎麼死的？」

金雀躍地說：「當然！我是吃飯時被毒死的，要是拿根銀針扎進我咽喉，大概整根都會變黑色。不如咱們現在就來試試看……」

「奕慶。」于承均制止了金翻找針線盒……不是因為家裡只有鋼針。「你是在家裡被害的？是你府裡僕役幹的？」

金眉頭蹙起，看似很煩惱的樣子。

「我也不知道，不過我想他們不會害我。應該是我的身分洩漏出去……不管是滿人還是外國人的身分。雖然我一向大門不出、二門不邁，不過紙包不住火，況且宅子裡只有兩個侍衛，要下毒簡直易如反掌。」

于承均猶豫了一會兒才開口，語氣中帶了些他沒察覺的焦慮。「你在用餐時沒有任何異狀嗎？你應該多些警覺的，明知道……」

「均，人死不能復生。」金握住于承均的雙手，靈動的雙眼目不轉睛地看著他。「我該慶幸下手之人毒放得夠重，我並未感到太大痛苦。」

「……可你終究還是死了。」于承均垂下眼道。

「我知道，所以我才有機會再活一次。」金微笑著道：「想想在我那個年代的人，有幾個可以活到現在，見識這不可思議的一切？」

「要是夠長壽就可以。」于承均嘴硬道。

「我覺得，這是老天給我的機會，讓我體驗生前沒能嘗過的樂事。我從不知道活著是這麼有趣的事。現在的我不需要在意身分，活得消遙多了。」

金順勢將自己的下巴抵在于承均肩上，一手把玩著他短短的黑髮。

「太空人上了月亮，科學家製造出不用母親生的複製羊，甚至拍了這麼多電影，過度發展還造成全球氣候暖化……一百年前的二月可比現在冷多了。」

于承均提醒他道：「那並不完全是好事。」

「我不曉得重生後能維持現狀多久，說不定明天就會遇上一個道士把我變回乾屍……所以我珍惜現在的一切。」

金狡黠一笑，「接下來你應該知道我會說什麼吧？不外乎就是我最珍惜的是跟你在一起的時間，或是因為你我才能獲得重生之類的……不過我知道這招對你沒用。」

「那你說這些話做什麼？」于承均奇怪道。

金嚴肅地說：「均，我要問你，你為了我的死而惋惜而生氣，這是出自什麼樣的感情？」

于承均直接地說：「十有八九是憐憫，不過任誰聽到都會同情你的。」

「不過對我來說，只要你對我有一絲好感，不論是出於憐憫或報恩，都是值得高興的。」金驕傲地抬起頭，「更何況，你也承認我很帥吧？再加上這點我就更有把握了。」

于承均完全無法理解金的思考邏輯，至少就他的認知來看，這並不足以構成「喜歡」的條件。

「金……奕慶，你為什麼喜歡我？」于承均問道，臉上有些發燙，畢竟對象是自己的時候很難心平氣和地面對。

「因為你救了我啊。」金理所當然地回答，然後像想起什麼似地頓了一下，小聲道：「可能和食欲也有些關係。」

于承均不明白金那句話的意思，只能就第一點道：「如果是其他人救了你，你也可能會愛上他囉？」

「可是救了我的人是你啊，這樣的假設沒意義。」

于承均覺得自己像在開導誤入歧途的青少年，懵懂的戀愛讓青少年覺得那就是一切，怎麼說都不聽。

「那並不是愛。」于承均直截了當道。

金似乎有些受傷，因為自己的心意被這樣否認。他茫然地說：「我也不明白這是什麼感覺，只知道我想和你在一起，想親親你、抱抱你，或是將你的衣服脫了……」

「你說什麼?!」

旁邊傳來一聲怒喝打斷了金越來越露骨的話。

兩人一看，原來葉離不知何時起床了，火冒三丈地瞪著金。

于承均瞄了瞄窗外，天邊已經透出魚肚白。

「你這個性騷擾殭屍在說什麼？別以為仗著師父寵你就可以無法無天！」

「我騷擾的是均，又不是小葉子你。」

「別吵了。」于承均一夜沒睡，聽到他們兩人一早就唇槍舌戰起來，只覺得煩躁無比。「葉離，你只睡了一下，要再去睡一會兒嗎？」

「不用。」葉離瞪著兩隻腫得像核桃一般大的雙眼道：「有這隻色殭屍在，我怎麼能睡得安穩？」

「小葉子，你放心，我對你沒興趣……」

眼看兩人又要吵起來，于承均見機插話道：「金，對於埋葬你的地方，可有任何印象？」

金歪著頭道：「沒有……埋我的地方在哪裡，我興許要去看看才知道。那時在地下，我的記憶只到和你們一起逃到甬道裡，後面就不記得了。」

于承均思忖著說：「我想應該不是你的家僕或是宮裡的人葬你的，將你埋在那裡的八成就是毒害你的人。你住在北京，他殺了人之後再大費周章地將你運來這裡的養屍地埋葬，除了怨恨外，我想應該另有原因。」

金聳聳肩道：「誰知道？說不定只是北京地價貴，這裡便宜一些。」

「若是去清查清末的地籍資料，說不定可以查出擁有那塊地的人是誰……他還活著的機率大概很低，但他的子孫可能會知道一些事。」于承均抬起頭看著金問道：「你想查出這些事嗎？決定權在你，若是你不想再看到跟你的死亡有關的人事物，我能理解。」

金沉默地低著頭，良久才嘆道：「我本來以為自己已經不在乎了，畢竟死了這麼久，再去追究我哪裡得罪人好像也沒有意義。但……我還是想知道，到底為什麼要殺我。如果是因為私人恩怨或是無謂的身分偏見而想牽禍我的家族，那就不可原諒了。」

葉離左看右看，總覺得于承均和金之間的氣氛一夜之間變得有些微妙。

「我會盡力幫你查出來的……當然，過程需要的開銷要由你本人支付。」于承均一板一眼地說。

金偷偷瞄了他一眼，趕緊低下頭道：「在下身無分文，如何付得出額外費用？看來，只剩下用身體償還一途了。」

葉離轉轉手腕，青筋畢露道：「我現在就讓你知道怎麼用身體償還……」

「放心吧，金。」于承均面無表情道：「你的身體還有其他利用價值。」

葉離和金互望一眼，兩人同時想著要是金付不出錢來，于承均一定會將他秤斤賣掉！

金立即改口：「我會去打工！無論如何都會還錢的！」

于承均打了個哈欠。「葉離，既然你起來了，床就讓給我吧。我需要睡個覺，好好消化所有事情。」

「沒問題。我會看著這隻色殭屍，以防他意圖猥褻。」葉離狠狠瞪著金道。

金感到相當無辜，自己做的事應該還不到這麼嚴重。

于承均轉身回房，邊叮嚀道：「隨便你們怎麼吵，不過別弄壞東西……或吵醒我。」

「等等，均！」金突然叫住他，臉上扯了個笑容，裝模作樣地哆聲道：「在你睡覺之前，再叫一次我的名字吧。」

于承均頓時只覺一股寒意上竄，隨便喚了聲：「金。」

「另外一個，只能讓你知道的那個啊……」金嗔道。

為了讓金停止這種噁心的說話方式，于承均也無暇提醒他這名字鬼老頭也知道，敷衍道：「奕慶。」

金開心地笑了，葉離則是鐵青著臉，兩人目送于承均回房。于承均最後聽到兩人說的話，是葉離憤怒的吼聲：

「你們到底趁我不在的時候做了什麼！」

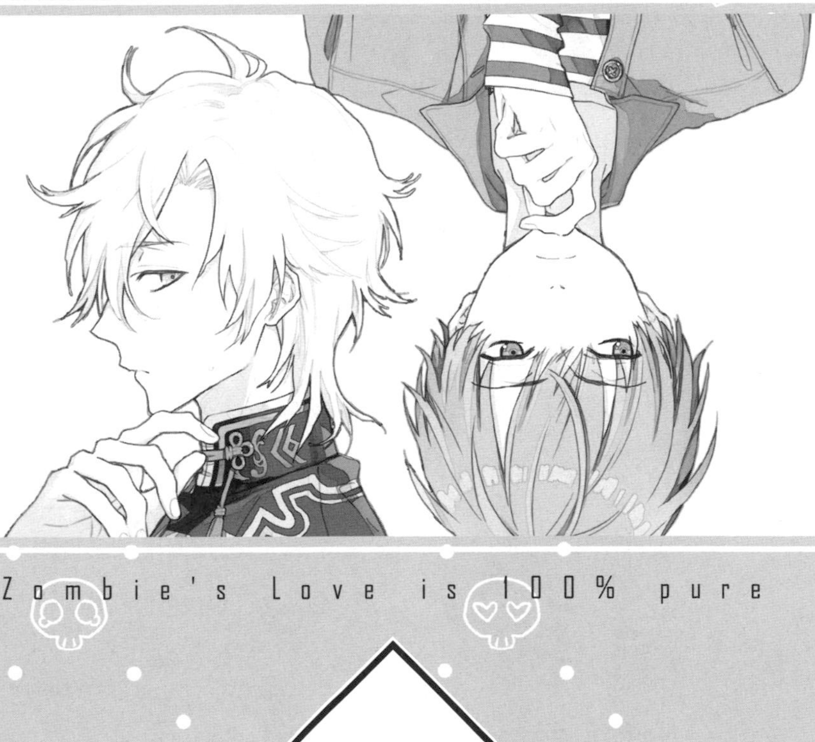

Zombie's Love is 100% pure

第八章

隔天吃過午飯後，于承均就拉著金出門，還神祕兮兮地什麼都不說。鬼老頭一臉詭譎地笑著，葉離則是氣呼呼的……雖然已經知道前一天于承均和金演的那一齣戲是金故意要氣他的。

歷經了近二十分鐘顛簸的痛苦車程──至少對金來說是如此──才終於到達目的地。

待金作嘔完後，于承均才問了句毫不相干的話：「奕慶，你現在還會介意自己的身分嗎？」

「不會……」金捧著自己胸口痛苦道：「能讓我從生前在意到現在的唯一一件事，就是這他媽的怎麼治都治不好的暈車！」

「那麼就當作體驗你從未做過的事。你應該不會再認為只有山賊才會剪短髮吧？」于承均打量著金參差不齊的頭髮道：「你該換個造型了。」

他們走進一間髮型沙龍，這個時間沒什麼客人，頓時所有人的目光都集中在他們身上……或說是金身上，畢竟髮型師大多矮小，兩個大男人一進去就散發出強大的氣場。

站在櫃檯的兩個女孩子迎了上來，殷勤地問道：「兩位要剪髮嗎？」

「只有他。」于承均將金推了出去，在這種地方自己也覺得有些侷促不安。

「要指定造型師嗎？」

「隨便……剪得好就行。」

一位看起來三十來歲的女造型師，熟練地請金到位置上，並問道：「呃……excuse me？這個……」

于承均乾咳兩聲道：「他會說中文。」

「那就好。」造型師明顯寬心許多，忙著請于承均到一旁坐著等，並端上咖啡。回頭看了看金的頭髮後嘖嘖道：「先生的頭髮是自己剪的吧？我們也遇過很多客人因為不小心將油漆滴在頭髮上，或是想將燒焦的頭髮剪掉，當然會弄得亂七八糟。」

金一本正經地說：「這是我心愛的人剪的，他本來還想要我剃頭。」

「蛤，你女朋友喜歡光頭喔？」造型師一臉遺憾看著金，「現在天氣很冷耶，腦袋吹風會頭痛喔，至少也要等到夏天嘛。你的頭型不錯，剃光頭應該也很有型，不過我覺得還是剪個清爽的造型……」

造型師和金扯了一大堆，才笑容可掬地問道：「你要剪什麼樣子？要不要染燙？現在燙染護都八五折喔。」

「……染頭髮？」

「對啊。」髮型師從旁邊拿了一本樣品上來，並翻給金看。「你的髮色很漂亮，不過偶爾也會想換換口味吧？髮色很淡也不用褪，可以幫你做金棕色的挑染，讓頭髮看起來更有層次……」

「這個。」金指著樣品書上道：「我想染這個顏色。」

于承均湊過去，只見金指著的是一綹黑髮。

造型師看起來有些驚訝，問道：「這是最黑的喔，你確定要染這個顏色？因為和你的髮色差很多，可能要染得很靠近髮根……如果新髮長出來，也是每隔一陣子就要補染喔，不然會不好看。」

金點了點頭，並道：「無妨，我的頭髮不會再長，因為我已經死——」

于承均連忙踢了金的椅子讓他住嘴，並尷尬地對造型師解釋：「他的頭髮……長得很慢，就幫他染這個顏色吧。」

決定之後，造型師就開工了。隨著金掉在地上的頭髮越多，髮型也慢慢成型。于承均在一旁悠閒地看著報紙，偶爾一瞥順便在心中稱讚造型師的巧手。

剪完頭髮並洗完後，店內人多了起來。助手都忙著弄東弄西，造型師也不得不撇下金，自己去調染髮劑。

金偷偷摸摸跑到于承均身邊，得意地說：「我的新髮型怎麼樣？我覺得比之前的長髮更能襯托出我的男子氣概。」

于承均摸了摸金剛剪好的髮梢。新髮型很清爽俐落，讓金看起來更年輕了些，就算染其他顏色也會很好看。

得到了于承均的稱讚，金嘿嘿笑了兩聲，然後低聲問道：「我不想顯得很膽小，不過有些事我一定得要問清楚。」

「什麼？」

金悄悄指了指店內另外兩個客人。她們身後都放著燙頭髮用的機器，圓形的罩子包覆著頭，散發出陣陣熱氣。另一名在染髮的客人，頭上包著一堆銀色鋁箔紙。

「均，她們在烤頭嗎？我並不認為這是個有趣的活動。」金臉色蒼白地說。

于承均可以理解金的恐懼，連他看了都覺得不可思議，頭上包了這麼多鋁箔紙，大概再加一根天線就可以接收衛星訊號了。

染髮過程很順利，連髮型師在金的頭髮上包上一片片的鋁箔紙，金也是不動聲色的害怕。

不過染出來的成果很不錯。于承均以挑剔的眼光看著剛出爐的金，完美得找不到一絲瑕疵。

柔順的黑髮讓金的皮膚看起來更加白皙，深邃的五官中平添了一股神祕感。

直到出了店門後，金還是一副飄飄然的樣子，經過旁邊店家也忍不住對著自己的倒影左顧右盼。

「我從沒想過自己這麼適合黑髮！」金興奮道：「以前我怎麼沒想到將頭髮染黑？為什麼我就沒有遺傳到老爹的黑髮呢？均，你覺得我現在看起來像漢人嗎？」

「不像。」于承均老實道。

「咦?!」金不死心地對著玻璃帷幕猛瞧，然後恍然大悟道：「是因為我的眼睛是藍色的？」

于承均不知道是否該照實說金的問題不在眸色，而是他的視力實在糟得可以。他猶豫了一下，還是決定讓金了解現實。

「走吧，我們去眼鏡行，幫你配一副角膜變色片。」

金雙眼通紅回到家裡，千叮嚀萬囑咐于承均絕對不能將他在眼鏡行發生的事跟葉離講。

店員幫他戴隱形眼鏡時，金痛得哇哇大叫，根本戴不上去。根據金的說法，因為他是殭屍，眼球無法分泌液體，這麼乾的眼球當然無法戴上任何隱形眼鏡的。

後來店員拿了一般鏡片讓金試戴，一戴上去就讓他頭暈目眩，作嘔不停。折騰半天，雙方才終於達成「這筆生意是做不成了」的共識。但于承均為了不再讓金貼在電視螢幕前，還是幫他配了一副眼鏡。

雖然對於金的復古大膠框眼鏡，大家皆抱持保留態度，不過他新染的黑髮倒是引起不錯的迴響。

葉離毫不掩飾他的讚嘆道：「看來不能再叫你阿金了，不如改叫小黑？以前我家養的……」

鬼老頭則是摸了摸下巴道：「喔喔，很帥，比那個布萊德屁特啥的要順眼多了。」

金興奮異常，雙眼發光對于承均道：「均，謝謝你送我這麼好的禮物！」

「這並不是送你的，我已經記在帳上了。」于承均提醒道。

「以前我總是很在意自己明明是漢人，卻無法擁有像漢人一樣的樣貌，因為這副樣子讓我著實吃了不少苦頭。」

金撿起掉在衣服上的一根頭髮，那是如陽光下的麥穗般燦爛豐潤的金色。

「現在的我已不在乎這些事了，不管什麼樣的臉孔髮色都是父母給我的……不過不可諱言的，那位造型師小姐說得沒錯，我不管是什麼髮型都很好看吧？」

「最後一句是多餘的！」葉離罵道。

「不錯不錯，小殭屍。」鬼老頭讚道：「你雖睡了一百年，腦袋可是比我那個食古不化的徒弟靈活多了。華人在世界上也算是第一大族群了，沒必要把自己搞得像那些好萊塢明星一樣！」

「……師父，您完全曲解他的意思了。」

于承均無奈道。

「我之前還擔心小殭屍的頭髮太醒目，去盜墓可不能這麼張揚。」鬼老頭滿意地看了看金道：「你現在合格了。」

于承均訝異道：「您之前說有個大墓是真的？」

「要盜當然要盜真的，假墓誰盜？老頭子我還在等消息，這次咱們四個人就一起上了，老中青三代一起去盜墓大概是前無古人、後無來者啊。」鬼老頭呵呵笑道。

「您打算帶上他們兩個？」于承均皺眉道。

「這次的墓需要人手，有現成的不用是傻子。」鬼老頭理直氣壯道。

「這是兩回事。葉離只跟我下地過幾次，金更是一竅不通，怎麼能讓他們去？」

鬼老頭搖頭嘆道：「你真該好好學學。葉離他身材瘦小，要是有什麼洞咱鑽不過去的，他就派上用場啦！小殭屍更有用，他有金剛不壞之身，要是不小心啟動什麼機關，拿他當擋箭牌豈不是恰好？」

金和葉離無辜地站在一旁，再遲鈍都聽得出來鬼老頭將他們當成了免費探路鼠和防彈衣。

于承均不滿道：「師父，您是為了省錢才這麼做的吧？工具裝備本來就應該準備好，怎麼可以拿他們來抵？」

「你就這時候裝慷慨？不然，裝備你出錢。」

「不可能。」于承均斬釘截鐵道。

「那就拍板定案了！」鬼老頭大聲道：「他們兩個都要去！要我整天對著你那張撲克臉，我肯定會悶死。」

于承均正要反對，金拉了拉他的衣袖道：「沒關係，我也很想去看看。而且我也得要做點事才能清償債務吧？」

葉離警戒地瞪著金道：「我也要去！我絕不會讓阿金單獨跟師父待在那種沒人的地方，要是他突然凶性大發或是起了色心怎麼辦？」

「你師公也會去。」于承均提醒他別忘了鬼老頭的存在。

鬼老頭暴躁地說：「總之，我說了算！這幾天就好好養精蓄銳，等消息確定後再做打算。」

于承均嘆了口氣，若是葉離和金都不反對，他也沒立場拒絕。既然有難得一見的大墓，連他都蠢蠢欲動，更別提葉離和金有多興致勃勃。他心裡盤算著，要是這趟賺得夠多，他們也該換房子了。正值青春期的葉離和金都需要大一點的空間……或是堅固耐摔的冰箱。

接下來幾天，于承均到處採買裝備。一下子有四個人要去，工具準備更注重分工，購物清單列出來洋洋灑灑一大張。不過于承均花錢花得心安理得……或者說根本沒花到他一毛錢。他找了熟識的店家，並豪爽地全記在鬼老頭帳上。

金這幾天並未跟著他，而是獨自出門找打工。他對於現代人的生活可說是駕輕就熟了，進退應對都表現得像是個充分融入東方社會的老外。不過于承均倒是感到有些空虛，畢竟已經習慣金跟前跟後了，心中充斥著小孩子獨立離巢的感慨。

有一天，于承均下午回家，只有金一個人百無聊賴地看著電視，戴著黑框眼鏡的樣子看起來有幾分可愛。

「怎麼只有你在？」于承均問道。

「小葉子今天有社團活動，泰山大人說了『四個大男人擠在一間小屋子裡，老子快悶死了』之後，就跑出去了。」

于承均放下身上的東西，躊躇半晌才問道：「今天也不順利？」

「嗯……」金悶悶地點頭。

金找工作的過程並不太順利，礙於他的外表——直到現在金仍然不曉得為何染了黑髮還是看起來不像漢人——沒有太多店家願意給他面試機會，縱使金不斷強調自己肯吃苦耐勞，但投出去的履歷多半石沉大海。

「不用太著急，你的欠款不需要馬上償還。」于承均安慰道。「對了，你的頭髮怎麼回事？」

金的頭髮被梳成可笑的三七分西裝頭，一絲不茍地貼在頭上。他摸了摸頭髮道：「不好看嗎？」

于承均看著金的樣子，無論如何都說不出「很好笑」三個字。

「泰山大人和小葉子說，要找工作就應該打扮整齊，還找了西裝給我。」金拉了拉襯衫領子，苦著臉道：「不過我實在穿不慣，難受死了。」

瞥了眼丟在一旁皺巴巴的西裝，連于承均都想不起何時有這套衣服。看來金找不到工作，八成和鬼老頭與葉離兩人脫不了關係。

「你都去了什麼樣的地方找工作？」于承均問道。

金歪頭思索著：「嗯……便利商店、早餐店……還有連鎖咖啡店和大賣場，這些比較不需要專業技術的地方。」

于承均暗嘆。這也難怪，金打扮得怪里怪氣，而這些都是需要面對服務客人的地方，所以沒人敢用他。

「金……」于承均在金的怨懟眼神下趕緊改口：「奕慶，你不需要打扮得如此……正式，這些職場的訴求並不是要你穿得西裝筆挺。」

于承均伸手撥亂他的頭髮，邊幫他梳理整齊道：「頭髮也不用梳成那樣，除非是正式場合……不、不管是什麼場合，千萬別再梳這種髮型。」

「是嗎？」金呆愣著說。

「穿得輕鬆一點再去試試看吧，我想憑你的表達能力應該沒問題。」

于承均那廂自顧自傳授著面試該注意的事項，金這廂卻是心猿意馬、完全沒聽進去。他只能感覺到于承均身上散發的溫暖，鼻端盡是令人意亂神迷的氣味……

金死命地按捺著抱住于承均的衝動，他可不想被瞧不起。

前幾天他在電視上看到一個節目，探討的主題是「討人厭的男人」，他悲哀地發現自己的行為完全被歸類在「豬哥」裡了。

他不太了解豬哥的意思，但總歸不是個好詞，所以他極力避免做出逾矩行為。

金在心裡為自己辯解，他並不是豬哥或是好色，只是從小接受的教育就是這樣……可是這種理由連自己都難以說服，為什麼他從小讀聖賢書，就是沒學到漢人的矜持？

于承均沒發現金心裡的天人交戰，問道：「我剛說的你都聽到了嗎？」

「……均，你跟我娘一樣愛操心。」

金說了句不知是褒是貶的話後，指了指堆在旁邊的雜物道：「對了，剛剛你的電話響了很久。我本來想幫你接的，但是電視上說情侶間應該要保持適當距離才不會產生壓迫感，所以我不能偷看你的信件或電話。」

對於金的振振有詞，于承均不曉得該感激他的貼心好，還是要提醒他不要想太多才好。他從桌上的書堆中翻出手機，看了看未接來電，三通都是同一支號碼。

于承均對這號碼沒印象，正在考慮要不要回撥，手機頓時鈴聲大作。是同一個人。才按下通話鍵，就聽到聽筒裡傳來宏亮開朗的聲音：「承均，你終於接電話了，我找你好久了！」

于承均聽了他的聲音，不太確定地問：「你是……羅教授？」

金馬上做出厭惡的表情。

「就是就是，我從學校那裡要到你的電話。承均啊，我記得你上一次的講座，有一些遺跡的現場照片資料和考察吧？那些資料可否借我？」

于承均直接道：「好的。」

「另外，我還想借你一用。」

「沒問題……」于承均脫口而出才查覺到對方說了什麼，疑惑問道：「你是說，借『我』？」

羅教授的呵呵笑聲，隔著電話連金都聽得到：「我想請你幫忙，我這裡資料實在多到一個人忙不過來，助手們也有自己的事要做。更何況，我想交給有經驗的人來做比較安心。」

于承均遲疑說：「我不曉得能否幫上忙……」

他和羅教授稱不上熟稔，只有在學校時才有交集。如今羅教授卻請他去幫忙，讓他心裡生出一些疑惑。真的這麼缺人？

羅教授熱情地說：「絕對沒問題！只是簡單地將資料入庫，不過做起來相當瑣碎繁雜，所以希望你可以來幫忙。你做事一向細心，交給你絕對沒問題的。」

金歪著臉，以嘴型示意于承均拒絕。

于承均沒理會金那張因嫉妒而扭曲的嘴臉，心想只是幫個忙，應當不會有大礙……他對著電話道：「如果能幫上忙，我自當義不容辭。」

金憤怒地說：「均，這太不像你了！你都還沒問他願意付多少錢呢！難道你願意為了那個怪男人做白工？」

「閉嘴！」于承均按住電話低聲喝斥。

金一臉委屈不甘，大聲地道：「我也要去！」

于承均還沒叫他閉嘴，就聽到羅教授驚喜地說：「還有其他人？很好很好，請他一起過來吧，我這裡缺人手缺得緊。」

于承均勉強地跟羅教授扯了幾句，掛上電話後，目光如電地掃到坐在一旁的金身上。

金微微瑟縮了下，還是理直氣壯道：「我只是幫你爭取該有的權利，否則薪水談不攏演變成勞資糾紛，可是要上法院的！到時候均你可能會坐牢！」

于承均淡淡地說：「你知道什麼叫人情嗎？有時候不計酬勞的幫忙是為了做人情，何況那並未造成我實質上的支出。若是要將勞力支出也記入，你的欠款可遠遠不只這些。」

金啞口無言，臉色忽紅忽白了半天才囁嚅道：「人家只是擔心你嘛……我在新聞上看到罷工活動，要求調漲薪水不成，最後變成暴力衝突事件，好多人都被關起來了……」

「你擔心我去找羅教授要薪水不成反被抓？」于承均莞爾道。

金點點頭，雖然有一部分是出自於私心，但的確也是擔心這種狀況。

于承均沒多說什麼，只是轉頭去整理剛採購回來的戰利品。雖然金的觀念被誤導得相當嚴重，也算是用自己的方式關心著他，這讓他感到有些罪惡感的愉快。

他無法說清自己對金抱持著什麼樣的感情，只能隱約察覺這和對葉離的關愛不同，至少在葉離也同樣表現出嫉妒時，他只會一笑置之，並將葉離的行為歸類成一種近似於小孩子對父母的獨占欲。

于承均思考良久，自己大概是被金的外表和天真無邪的笑容迷惑了，更何況被人這樣熱烈追求，如何保持平常心？

仔細算算，他也很久沒交女朋友了，畢竟做盜墓這行平時能接觸的女性只有躺在棺材裡的腐屍，自己還要拿走她們的陪葬品，她們沒跳起來掐死他就謝天謝地了。

他開始認真思索，盜墓這行到底有沒有前途？

他並不想孤家寡人過一輩子，雖然現在身邊有葉離和金，但他們總有離開的一天。自己也該定個生涯規劃，希望至少能在三十五歲前結婚、四十歲前生孩子……

不，孩子就算了，光葉離和金兩個就夠他受了。

至於金，從他對過去的敘述，聽不出是否本來就喜歡同性，但于承均認為金只是陷入了雛鳥情結，就像戲劇裡按照慣例，女主角昏迷之後再度醒轉，九成九都會在第一眼愛上救了自己的男人。

于承均嘆了聲。金好不容易重生，實在不應該將時間花在他這個不解風情的男人身上。

或許他應該幫著金一起找工作，找女性多的職場，久而久之，金自然就會了解女性的美好。

Zombie's Love is 100% pure

第九章

前往羅教授辦公室的途中，于承均帶著金先到醫院看DNA親子鑑定報告。

在醫院檢驗室外的走廊上，于承均看著冗長的報告……他堅持要自己看結果，而不是由醫生告知。

掠過前面一大串的專業用詞，報告最下方寫了個數字，代表著測試人和被測試人為父子的機率……

「如何？」金焦急地問。

于承均平靜地闔上報告，心想：還真是一個低得毫無懸念的數字。

金搶過報告，看了半天後才怯生生抬起頭道：「沒想到是這樣……」

「你那時不是信誓旦旦地說，你身上流的血跟我一樣？」于承均木著一張臉道。

「人、人家這麼以為嘛……」金使出撒嬌攻勢。

「以後還敢不敢亂說話？」于承均轉身，伸手狠狠一個栗暴彈在金的額上。

金一聲痛呼，淚眼汪汪道：「我再也不敢了。」

于承均心裡著實有些生氣，當初還擔心自己可能就要多個拖油瓶出來……甚至不是他自己生的！

話說回來，金的腦袋還真硬，彈那一下連自己的指頭都隱隱作痛……

檢驗室門忽地打開，走出一個老醫生。他問于承均道：「對於鑑定結果有什麼問題嗎？」

還不待于承均回答，老醫生又自顧自說：「應該是沒問題吧？我們醫院的親子鑑定技術獨步全國。不過檢查途中，發現了一件奇怪的事，其中一個樣本血液中，血氧濃度特別低，幾乎接近零……」

于承均和金面面相覷，同時心裡都是一個想法：被抓包了！

老醫生嚴肅地對于承均說：「你那孩子……莫不是個死胎吧？都已經過世了，何必在乎血緣關係？過世的人就該讓他安息……」

于承均被老醫生念得反駁不是、不反駁也不是，只能抓著金趕緊逃離現場。

所幸老醫生並不知道那血是從殭屍身上抽出來的……

「真是……」于承均逃出醫院後才心有餘悸道：「我完全忘了你的特殊身分，當初應該採口腔黏膜就好了。」

金嘻嘻笑道：「難怪那時採我的血時就覺得顏色很黑……幸好不是綠色的。」

「你還笑得出來？」于承均睥睨著金，冷冷道：「要不是你騙我，今天又怎會遇到這種情況？說起來，我應該把你交給那位醫生才對。」

雖然受到于承均的威脅，但多日的相處以來，金已經將他的個性摸得透澈，知道于承均這個人就是嘴硬心軟，因此他肆無忌憚地笑道：「均，我保證我們之間再也沒有祕密，所以更應該『裸裎相對』……」

「喔？」聽到了金特別加重的四個字，于承均挑眉。

看到他的表情，金又想起了豬哥男人的特性之一：喜歡在言語上吃人豆腐……這不就是他在做的？

金趕緊改口道：「你可別想歪……看你的表情就知道你誤會我了。我說的是沒有隱瞞、坦誠相對，絕不是你想的那種弦外之音喔！」

于承均見金這副誠惶誠恐的模樣不像是開玩笑，心想自己還真是以小人之心度君子之腹，連忙道：「是嗎？我倒是錯怪你了。」

金吶吶道：「是我之前做得太過火，你會提防我也是應該。」

于承均心中一緊，看來他的無心之舉還是傷到金了。

他猶豫了一會兒，伸出手摸了摸金的鬢髮，柔聲道：「抱歉，是我的錯。我……並沒有提防你，只是還不太習慣你的言詞。」

金露出寬心表情道：「我知道，均。」

嘴巴上這樣說，心裡卻在竊笑。

于承均自認精明，其實遲鈍得要命，根本不可能看出他在作戲。而且于承均這個人吃軟不吃硬，裝可憐絕對比倔強有用。

他不是故意這樣做的，均。金在心裡暗念著。

他很明白于承均是真心待他，自己卻工於心計地試探他，怎麼想都很卑鄙……但他也是無可奈何啊。

能夠得到重生的機會，讓金領悟了一件事，不管想要什麼都必須勇往直前地追尋，否則再遇上變故，說什麼以後還有機會也只是枉然。

只有均、讓他重獲新生的均……他絕不放手！

兩人到了羅教授的住處兼辦公室，獨棟房屋座落在大學附近的寧靜社區，路旁種滿迤邐不見盡頭的槭樹。房子看起來有些古老，卻洋溢著難以言述的風情。

金看了看羅教授的房子，狐疑問道：「均，說起來你們也算同行，為何財產卻差這麼多？難道考古比盜墓賺錢？」

于承均泰然自若道：「我也不清楚羅教授的財務狀況，但聽說他對於理財投資很有一套，而他本來就出生在顯赫的家族，擁有這樣的房子也是理所當然。」

金暗忖著，明明于承均也很愛財啊……難道是買太多沒必要的電視購物，把錢都花光了？

確認地址沒錯後，見大門沒關，于承均大方地走了進去。

映入眼簾的是堆積如山的資料夾、文件，和用來分門別類用的大盒子，盒內裝著各式各樣的陶器或瓷器碎片，也有幾箱裝著的是發黃乾枯的骨頭……以于承均的判斷，那些可不是古代人吃剩的雞骨頭……

整個客廳——以于承均的認知，玄關連接的地方應是客廳——幾乎被東西淹沒，完全看不出原有的裝潢陳設。

堆到天花板的箱子中間，只看得到一盞吊燈散發出昏黃的光。

「這裡看起來倒像是宮中的書庫！」金驚嘆道：「那時內務府文淵閣整理藏書時，老爹讓我去那裡看過——」

于承均連忙摀住金的嘴，示意他有人過來了。

隨即，就聽見咚咚的腳步聲從旁邊被掩蓋住的樓梯傳來。一個人從箱子縫隙探出頭，一頭灰髮翹得亂七八糟，正是羅教授。

「承均，你來啦！」

羅教授的聲音透露出喜悅，笑意盈盈揮手說：「快上來！小心旁邊的箱子，一樓都是整理好的東西，千萬別碰倒了。」

羅教授才說完，人就消失了，只聽見咚咚往上跑的腳步聲。

「這也叫整理好喔？」金嫌棄地小聲道：「越說不要碰我就越想摸……」

「奕慶。」于承均輕聲卻嚴厲地說。「你要是敢搗亂，就立刻回家，我自己一人也行。」

金趕緊將伸出的手縮了回來，一疊搖搖欲墜的箱子因此逃過了坍塌的可能性。

他們跨過重重障礙，連樓梯兩旁都放了文件，只留下中間一小塊勉強可供行走的空間，對兩個身材高大的男子來說，跟走平衡木沒什麼兩樣。

二樓的慘況比起一樓是有過之而無不及，四散的文件文物像垃圾一樣到處都是，幾個年輕男女毫不在乎地在那上面穿梭，偶爾蹲下來粗魯地翻找。

「承均。」

羅教授猛地從旁邊的資料堆裡冒出來，著實嚇了于承均一跳。

羅教授訕笑道：「很亂，對吧？」

「……還好。」

面對這種情況，于承均連客套都客套不起來。

「這幾個都是我班上的研究生，一起幫我整理。」羅教授艱辛地從半人高的箱子中跨出，邊道：「之前我的電腦硬碟損毀，而我又沒備份，只好將資料搬出來重新建檔……預計要花上半年才能完成。」

于承均微笑道：「真是個大工程。」

「就是……」羅教授一轉身，對學生大喊：「那邊的不要碰，我已經整理好了！」

完。

于承均和金看著眼前兵荒馬亂的樣子，不約而同心想：這可能花上半年都弄不完。

羅教授好像這時候才注意到金，問于承均道：「這位是上次你帶去學校的留學生吧？能多一個人幫忙真是太好了，不過他怎麼變黑髮了？」

金不情願地哼了一聲。

「那麼，承均，你就幫我將整理好的資料入庫，我等會兒會教你輸入和分類方式。」羅教授熱情地拉著于承均的手說道。

金的雙眼瞪得快掉出來了，于承均皺眉警告他不可輕舉妄動。

「至於這位小朋友，就跟我的學生們一起整理資料。」羅教授叫了個看起來挺可愛的女學生過來，吩咐她指導金。

「教授，我英文很破耶！」女學生慌張道。

「放心，金是留學生，中文比你們還好，放心跟他溝通。」羅教授呵呵笑道。

「我想跟均一起……」

女學生沒有給金任何機會，在聽見金「中文嘛也通」之後，馬上拖著他鑽進文件叢林裡。

于承均照著羅教授的指示，將資料一筆筆輸入分類。這工作做起來比想像中更難，需要高度專注力，一點細節都不能疏忽，畢竟是相當重要的研究資料。

羅教授邊整理，嘴上也沒停，有時找于承均說說話，一會兒又去纏著金問個不停，完全不在意金比大便還臭的臉。

于承均知道羅教授是出於好意，怕他們在這陌生場合感到尷尬，說個沒完才不會冷場，但他希望羅教授不要這麼顧慮他們，還要分神聽他說話實在無法有效率地工作。

他會答應幫忙的其中一個理由，就是希望能從這挖出些還沒徹底探過的墓穴資料。羅教授負責的都是些陪葬品眾多的皇家陵寢，地宮規模之大，一年半載都很難找出全部的墓室。不過整理至今，大多是已經完整挖掘或是開放的陵墓，沒一點有用的資訊。

于承均心想也是，如果真有開挖中的墓，大概算得上國家機密，怎麼可能輕易讓外人經手？

枯燥繁瑣的工作讓人感覺時間特別漫長，于承均專注地記著每一個可能的情報。

作為一個「類考古」工作者，羅教授的研究資料也讓他看得嘆為觀止，畢竟考古做的是鉅細靡遺的調查，而盜墓通常只會注意有實質價格的陪葬品，破掉的瓷瓶或瓦罐都棄之如敝屣。

見羅教授將破瓦片一片片地標上編號，再輸入電腦裡利用3D合成，拚出原本的模樣。于承均心痛地想，如果這個宋代汝窯弦紋三足爐沒破，必定值錢得很……

後方傳來一陣嬉鬧聲，于承均回頭一瞧，見金和那幾個研究生摸熟了，他不知道說些什麼，逗得女研究生們咯咯笑個不停。

于承均心想，金八成又拿他那一套油腔滑調來現了。

他驀地有些不爽，自己拚了老命搞這些東西，金卻在女人堆中游刃有餘，剛剛不是還像被拋棄的小孩子般吵著要跟著自己嗎？

查覺到心底生出的莫名情緒，于承均想了想，不禁感嘆男人的嫉妒心也滿強烈的，見到比自己受歡迎的男人心裡總是會不舒服……難道是沒女朋友的日子久了，自己也成了所謂「去死去死團」的一員？

正當于承均糾結於自己的小心眼時，金也發現于承均的目光不時向他瞟來。

金喜不自勝，雖然均嘴上總把他當成小孩子，但均大概也沒注意到自己的目光常常往他身上來。

金全部的注意力都放在于承均身上，才能發現這個細微卻讓人滿懷希望的變化。無論均對他是憐憫也好、同情也罷，至少是在意他的。

他承認自己很幼稚，可能是小時候的顛沛流離，讓他對於自己的東西產生極強的獨占欲。年紀大了之後，這種自私變本加厲。

現在的他已孑然一身，沒有呼吸心跳的身體不知何時會停止運作，在再度永遠沉睡前，他只想看著均到最後。

工作告一段落，羅教授熱情地邀請于承均和金一起吃飯，于承均忍痛回絕了這個免費蹭飯的機會。

要是金勉強吃東西下去，會因為不能消化還要幫他催吐……這是他和葉離的慘痛教訓之一：面對未知生物，請勿任意餵食。

他固然可以說金吃不慣這裡的食物之類的，但想到可能會面對一堆質疑，他就懶得解釋。

「承均，今天多虧你和小朋友的幫忙，進度提前了許多。」羅教授到門口送他們時說道。

「沒什麼，尤其是金根本沒幫上什麼忙，我看他顧著交際還拖累了進度才是。」于承均毫不留情地說。

金哭喪著臉想辯解，但于承均沒給他機會。

「承均，我有個冒昧的請求。因為之前和我共同研究的那位教授，他最近必須要去參加國外的講習，為期三個月。我想，能否請你接替他的位置？我們現在的進度就是整理資料而已。」羅教授猶豫道，「當然，這幾個月學會會付給你相對的酬勞，不曉得你意下如何？」

「很抱歉，我恐怕無法勝任。」于承均迅速地回絕，「我還有其他事……家族事業，可能無法抽出太多時間。」

于承均的考量極多，他並不想和學院派有太多牽扯，畢竟羅教授雖看起來大而化之，但做考古的必定心思縝密，要是一不小心在他面前露餡，盜墓的重罪可不是隨便關個三五年就能解決。

而且他心裡還記掛著鬼老頭說過的大墓，寧願把時間花在打理裝備上還比較實際些。

羅教授面露失望，還是微笑道：「沒關係，是我設想不周，你理當有自己的事要處理。」

金在于承均身後不滿地碎念道：「當然有自己的事要做，你以為大家都跟你一樣沒事光玩那些死人骨頭……」

金說得小聲，但于承均還是聽到了。他沉聲道：「金，你應該沒有立場說這種話，你現在的身分還是無業遊民呢。」

于承均的話讓金有如天打雷劈。

他張開嘴，發現無話反駁，只能乖乖沉默。

這番話倒是引起了羅教授的興趣。他問道：「金小朋友不是還在念書嗎？應該不用這麼急著找工作。」

「這……他是半工半讀的，來留學有一半是為了在國外打工增廣見聞。」

「喔，如果他跟著承均你的話，想必也是考古學系的？」

「……算是。」

「那就太好了！」羅教授轉向金，笑吟吟問道：「你願不願意來我這打工？工作內容就跟今天一樣。」

于承均急忙補充：「這傢伙不學無術，什麼都不懂，只怕會給教授你帶來麻煩。」

「不會不會。」

羅教授慈祥地道：「我看小朋友今天和我的研究生們處得不錯，效率也好，只要稍加學習，想必可以成為很大助力。」

金皺眉，他雖然很想要這份工作，但又不太想看到這個古怪的羅教授。

于承均知道金的想法，只是淡淡對他道：「你自己決定吧。」

「放心，我這裡事少錢多離家近，你只要下課後再過來就好。」羅教授舉起手，比了個數字道：「時薪這樣如何？不扣稅不含勞健保但包三餐。」

金發誓他看到了于承均的雙眼頓時射出精光，然後轉過來咳了兩聲道：「金，教授盛情難卻，你就答應吧。」

金未能表示意見，就這樣被賣了。

為了慶祝金找到工作，鬼老頭提議大家狂歡一番、喝酒喝個通宵。葉離不屑地表示，這沒什麼好慶祝的，純粹是老酒鬼酒癮發作罷了。

金半是高興半是沮喪地喝著酒……

拜殭屍體質所賜，他現在是千杯不醉。他雖然不吃飯，但還是會喝些酒水，不曉得那些水分是被身體吸收還是蒸發掉了……

于承均知道金在鬱悶什麼，倒了杯酒給他道：「怎麼，找到工作不開心嗎？」

金不情願地扁嘴道：「開心是開心啦，不過想到要見那個羅教授就覺得很討厭。」

「我不清楚你為什麼對羅教授有偏見，但他無疑是個好人，竟然願意僱用來路不明的你。更何況你今天做了多少事，我可是看在眼裡。」

「那你看到我和那些女孩們打情罵俏時，心裡會不會酸酸的？」金滿懷期盼問。

「不會。」于承均僵硬地回答。

身為一個男人，怎麼會有人願意滅自己威風長他人氣勢？金那副得意的樣子分明就是想炫耀自己很受歡迎吧！

于承均完全誤解了金的心意，冷酷道：「還有，現在是你找工作，哪有人找工作還要先看老闆順不順眼的？」

吃了一記悶拳的金辯解道：「我的第六感就是覺得他怪怪的嘛。」

葉離噗哧一聲笑了出來，口齒不清道：「你跟師父說這個沒用啦，他才不相信什麼預感還是第六感的咧，除非他親眼看到那個教授在街上裸奔之類的……」

于承均看了看葉離手上的啤酒罐，質問鬼老頭道：「師父，您怎麼可以讓葉離喝酒？他還未成年。」

鬼老頭奸笑道：「他酒量還不行，喝這麼一點就醉了。」

于承均和鬼老頭邊喝酒邊爭執不休，而金只是默默地思考著。

均近來對他的態度變了，被罵可說是家常便飯，但他對這樣的改變感到喜悅，均開始在他面前展現真實的情緒，沒有掩飾、沒有客套。

剛認識時的于承均看起來溫和，總有種距離感，越相處就越知道他真正的面貌。

于承均沒什麼耐性，不常發作的原因是他的懶惰勝於不耐煩，所以見到看不下去的事，會先衡量其後可能造成的連鎖反應，然後決定順其自然；對他來說，只有他關心的人事物值得花時間思考，其餘大部分時間，處於放空狀態。

金曾問過，和他一起坐了一下午看電影的于承均對劇情有何感想，于承均只是呆愣著，連自己看過什麼都忘了……或者應該說他的心思根本不在那上面。

于承均就是這麼個不解風情的人，但卻會為了找出金的身世而廢寢忘食，這一點讓金非常慶幸，幸好自己遇上的是他。

金就是喜歡這樣的他，喜歡他的遲鈍、喜歡他的錙銖必較、喜歡他的不解風情、喜歡他的口是心非……

金不再怨恨當初殺了他的人。若不是這樣，他也沒機會在百年後的今天遇到于承均，是于承均讓他真正感覺到了活著的喜悅和單戀的酸澀。

「喂，阿金，你很不夠意思喔。」

葉離的醉話打斷了金的思考，氣勢洶洶地說，「你怎麼沒喝？瞧不起我買的酒嗎？快給我喝下去！」

于承均放下杯子：「葉離，該去睡了，再喝下去你明天就會知道宿醉有多難受。」

「耶？這是烏龍茶，怎麼會宿醉？」葉離嘿嘿笑道。

「酒沒了……」鬼老頭打著酒嗝道：「誰再去買一些來！」

「你們都醉了。」于承均嘆道，然後站起身從口袋掏出皮夾。「我們該回家了，今天我買單。」

于承均的話頓時讓所有人清醒過來。一毛不拔的于承均竟然說要買單……看來最醉的人是他。

隔天，于承均面色難看地看著自己空空如也的錢包。

「因為你說要買單，泰山大人就買了很多酒……」金遲疑道。

「……我完全沒印象了。」于承均懊惱地說。

看著于承均一副被詐騙集團訛光的表情，金心想，還是先不要說出鬼老頭拿了他藏在桌腳的流動資金好了，否則他可能會氣到中風。

沒想到于承均喝醉之後會性格大變，早知道昨天就要趁機會從這個悶騷的人口中問出他對自己真正的想法了……金遺憾地想。

「均，我要去打工了，麻煩你替我跟小葉子說一聲，我要跟他借腳踏車。」金揚聲道。腳踏車是唯一不會讓金暈車的交通工具。

「唔……」于承均混沌不清的聲音從盥洗室傳出。「認真一點，別再光顧著玩了。」

金騎著腳踏車在街上奔馳。迎面的風冰冷得刺骨，空氣中也帶著燃燒不完全的石化汽油味。金能感受到這一切，卻不覺得冷或難聞。

變成殭屍後，他的感官變得比以前更敏銳，他能感覺到每一根髮絲拂在後頸的觸感，能聽出飛蟲一秒鐘振了幾次翅膀……

只除了他依舊是個大近視，因此于承均特別吩咐他出門一定要戴眼鏡，省得看不清楚，撞壞別人的車子。

金覺得自己已經漸漸融入這個和他過去所生活的環境截然不同的世界，這個年頭沒有戰爭和革命，也沒有饑荒和瘟疫……至少這個地方就是如此和平美好。

金感到有些遺憾，他苦命的老爹老娘沒能見到現在的世界。

騎到羅教授家門口停下，金發誓就算老闆再討人厭他也要做下去。這個世界孕育出了現在的于承均，所以他也想成為讓世界運轉的人之一。

按了門鈴後，一個女研究生來幫金開了門。

……放心吧，均，我一定要成為受你肯定的人！金進門前暗自念道。

金在羅教授那裡的工作還算順利，至少沒出什麼大紕漏，只不過房子多被文件占據，能使用的空間極少，難免會要和其他研究生摩肩接踵地工作。

當研究生驚嘆金的體溫低得嚇人時，金只能含糊地說：「這個嘛……我到了冬天就會氣血循環不好，手腳冰冷，均會給我喝四物湯還是中將湯的……」

金看到眾人奇怪的表情時就知道自己說錯話了，難道電視廣告有問題？金無暇分辨廣告的真實性，趕緊打馬虎眼道：「哈、哈哈……我開玩笑的啦！」

呼……金在心中暗嘆，他的認知和現代人還是有段落差。

金正式工作的第三天，來幫他開門的是羅教授。

「今天只有你一人喔。」羅教授笑得眼睛都瞇起來了，「其他人今天都去做報告了。放心，你只要按照自己的速度來就行。」

金暗啐了下，這幾天他過得非常愉快，因為羅教授基本上都在處理其他事，沒什麼機會打照面。

今天只有他一個人和羅教授一起做事……金很想打退堂鼓，但想到于承均微笑著送他出門，就打消了念頭。

所幸羅教授今天沒派給他太多工作，沒有其他研究生的打擾，金一個人反而做得比平常快，大概晚飯前就能結束了。

金邊找著宋代徽欽二帝的詳細埋葬地資料，邊想著今天晚上來秀一下廚藝好了，他看電視上的料理節目學了很多，雖然沒實際做過，總歸都是把食物煮熟，應該不會差太多。

等會兒下班後先去超市買菜，然後回家洗手做羹湯給于承均……

金竊笑，這聽起來像夫妻一樣。料理節目的主持人也說，要抓住男人的心就要先抓住他的胃，不過于承均對食物似乎沒特殊好惡……

一陣破空聲傳來，金還來不及反應，胸口猛然一痛，痛得他幾乎站不住。

金勉強伸出一隻手撐住桌子，一手往胸口撫去想舒緩這個疼痛。手碰到一個堅硬的東西，金往下看，只見胸口穿出一個長條的東西，薄窄且閃著銳利的銀光，上面沾了些暗紅色的血。查覺到事實的同時，金感覺到劇烈的疼痛迅速蔓延至全身。

一把劍從背後貫穿了他的身體。

金眼前發黑，全身力氣似乎都從身體的破洞流洩而出。他踉蹌著轉過身，試圖抓著桌沿以支撐身體，卻徒勞無功。

他滑坐在地上，桌上的資料嘩啦地垮了，像雪片般落在他身上。

金知道自己成了殭屍後，一般的刀槍無法造成他的身體傷害，而這一劍著實讓他嘗到了瀕死的滋味。

是誰……

金斜靠在桌旁，頭緩緩抬起。

站在他背後的人是羅教授，臉上不是平常掛著的笑意。

羅教授看著金露出不可置信的神情，嘆道：「很抱歉，金，不過我不能讓你活著。」

金的嘴唇蠕動著，無聲地問：「為什麼……」

「你不是人吧，金？」羅教授停頓了下，道：「還是應該叫你愛新覺羅……奕慶？」

金突然很想笑。他本來以為難以捉摸的神祕魅力是他的賣點之一，沒想到人家這麼輕易就發現了他的真面目。

他也想過，自己會不會像電視上一樣被道士收了，但他沒料到羅教授這個看起來相當平凡的學者也能置他於死地。

為什麼羅教授沒穿道士袍？真是太卑鄙了，讓他無從提防……

金再度感覺到了上一次死亡時心中的悔恨，還尤更勝，這一次他的重生竟也落到如此下場……

真後悔今天出門前沒好好看過于承均的臉，如果知道這是最後一次……

金的意識漸漸模糊，想著自己還欠葉離一次PK、欠鬼老頭幾次酒敘、還欠于承均很多很多的債……

他想握拳表示自己的悲憤，但無奈一點力氣都使不上來了。

如果能再多看看你就好了，均……

直到晚上十二點都還不見金的人影。

于承均雖然心急，但還是耐著性子等著。

金上班第一天時也晚歸，因為羅教授帶研究生們一起去吃宵夜，直搞到半夜一點才放他們回家。看來今天也是如此。

不過，金沒打電話回來報備，讓于承均感到相當不悅。

「你簡直比他老媽還囉嗦，難怪那小殭屍不敢回來了。」

鬼老頭見于承均沉著張臉等門，故意調侃他。

「若要晚歸，打通電話告知是基本的禮貌。」于承均面無表情道：「我想應該要訂個門禁時間……」

葉離看了看時鐘，剛過十二點。雖然晚了點，不過金也算成年人了……不，該算百年人瑞了，這麼大一隻，難道還怕他出意外？葉離酸溜溜地想，于承均對金好像太關心了些。

「葉離，我不是吩咐過你十一點前要睡覺？」

見于承均將注意力轉了過來，葉離忙道：「我、我擔心阿金，等他回來我再睡，反正明天是週末，不用上課。」

當天晚上金並未回家。

于承均睜開眼，發現自己在沙發上睡著了，而葉離靠在一旁也睡得很熟。往窗外一看，天色已經濛濛亮，還聽得到晨跑者開朗的招呼聲及運動鞋在柏油路面上的摩擦聲。他花了些時間想起自己睡著前正做著的事，望向大門，門鍊依然鎖著。

于承均下意識地左右張望，便聽到鬼老頭邊嚼食邊說話含混不清的聲音：「別瞧了，小殭屍沒回來。」

于承均眉頭一皺，看向坐在一旁吃早餐的鬼老頭。「沒接到他的電話？」

「我大概是上哪兒風流去了，嘿嘿。」鬼老頭奸笑舉起小拇指，「畢竟也是男人，好不容易復活，當然想那麼一下啦……」

于承均喃喃道：「不太對勁……」

「你還當他三歲小孩？我看他應當也經歷過不少這種事。他模樣生得不錯，一個人住在外頭，府邸裡那些貌美如花的侍婢八成個個為他爭風吃醋……」

「師父，您看太多古裝劇了。」于承均站起身道：「我打個電話。」

于承均瞧了瞧時鐘，清晨六點，這時間打電話極為失禮，但他不認為金會無故晚歸……唯一的可能就是出了意外。

他拿出手機，快速撥通了羅教授的電話。

「承均，有什麼事嗎？」羅教授的聲音依然中氣十足，絲毫不像剛被鈴聲吵醒。

于承均問道：「教授，金還在你那裡嗎？」

「咦？」羅教授的聲音充滿了驚訝，「他怎麼會在這？還沒到打工時間啊……難道金昨天沒回去？」

「是的。」

「喔……呵呵……」羅教授意味不明地笑了幾聲，語氣曖昧道：「金昨天下班後就和研究生們一起走了，聽他們說，有個學生很喜歡金，所以要藉機撮合他們兩個，我看大概是喝到天亮了吧。」

于承均握緊了手機，躊躇半晌才道：「金昨天有什麼異狀嗎？」

「他身體不適嗎？我沒看出來啊。」

「沒什麼……抱歉打擾您了。」于承均有些粗暴地切掉電話，將手機扔在沙發上。見他似乎是動怒了，鬼老頭詫異地問：「那小殭屍幹了什麼好事嗎？」

「沒有，就跟您說的一樣。」于承均平淡地說。

「唉呦，不過是忘記打電話，你別擺出這種晚娘臉嘛。」鬼老頭笑嘻嘻地說，「嫁出去的女兒潑出去的水，你這做老爹的也忒多事了。」

于承均不置可否地冷哼一聲。

自己心中莫名的惱怒和不安是什麼？

說起來，他和金非親非故，根本管不著金的自由與意志。只不過是習慣了金的存在，習慣了金對他的依賴，卻沒想過自己對金來說到底是不是必要的。

金有能力養活自己……應該說他不需要柴米油鹽也活得下去，因此金能選擇的去處很多，用不著待在他這個小氣男人身邊。

雖然之前金曾聲淚俱下地求自己不要拋棄他，但那時他還不熟悉這個世界，現下看來，金融入社會的程度可能比深居簡出的自己深得多。

于承均感到十分苦惱，自己簡直沉迷於金對他的依賴了。

他向來不是很認真地看待金的感情，甚至想過，金認識了女人後，就會明白他的執著純粹只是一種習慣。

聽聞金可能和其他女人在一起後，于承均卻無法冷靜下去了。自己這樣子，不僅像女兒被搶走的父親，更像是個妒夫。心中的妒意讓于承均也感到有些慌亂，自己對金明明沒有這種意思，但見到金的熱情轉向其他人卻讓他覺得鬱悶。

莫不是聽習慣了金的甜言蜜語，所以真認為自己是……

是什麼呢？

于承均不太清楚自己在金的心裡是什麼定位，不過他總表現得像是沒有自己就活不下去，似乎對他來說最重要的人是自己……

對於沒什麼親人朋友的自己來說，「最重要的人」這點吸引著他。金對他的黏人，除了有點煩，其實他暗暗享受著這種感覺。

……媽的，于承均心中暗罵。他總認為自己最在意的只有錢，沒想到這種婆婆媽媽的感情也能影響他這麼深。

煩躁地拿起手機，按了撥號鍵之後又再度切掉，實在拿不定主意是否要問清楚金的行蹤。

他思忖了一會兒，把手機丟下，決定回房補眠。

經過金棲身的破爛冰箱時，他突然覺得這龐然大物實在礙眼。由於金對它有著很深的感情，所以于承均遲遲未將它處理掉。他心一橫，拿了繩子將解體的部分牢牢綁在一起，等會兒定要將這東西拿去丟掉。

躺在暌違了好幾天的舒服床鋪上，于承均卻輾轉難眠。他發現自己不斷注意著外頭是否有開門聲或電話聲時，索性將棉被拉起蓋住頭，杜絕一切可能的外力干擾。

為何這麼在意金？像葉離一直謹遵本分，個性也很獨立，從沒讓他操心過；但只要金一離開他的視線，他便開始擔心金是否闖了禍或出了意外。

說起來金的年紀比葉離大，經歷過的波折也讓他做人處事圓融得多，何況他的殭屍身分更是無往不利，就算被打幾槍也還是能活得好好的……

所以說，實在沒必要擔心他。于承均在心中如此說服自己。

自己大概是犯賤，就是喜歡照顧別人，別人不讓他照顧心裡還犯愁……于承均打定主意，下午去弄條狗來好了，至少狗不會比人難照顧。

一樣東西從衣領滑出，那是金給他的血玉。因為鬼老頭一直對這塊玉虎視眈眈，于承均就將玉珏掛在脖子上免得讓那個老頭子有機可趁。

他拿起玉珏仔細端詳。透過晨曦的照射，整塊玉通體血紅，找不到一絲瑕疵，握在手中也感覺得到暖暖的溫度。

金是抱著什麼樣的心情將這塊玉交給他的？于承均驀地想到這個問題。

金頻繁的告白與示愛都被于承均一笑置之，只有金眼中的真誠讓他無法忽視。這麼一塊對金有著重大意義的玉……

腦中閃過不祥的預感，難道……金出了意外？

于承均向來不相信預感這種荒謬之說，但縈繞在心頭的不安持續擴大。晚歸卻不打電話，這不是金的作風。

……我應該相信他的，于承均突然覺得非常後悔。金從不騙自己……除了隱瞞身世假裝失憶外，對他的吩咐也總是毫無怨言地一一完成。就算金要離開，就算金做了些什麼，那都是他的自由，但自己跟金相處了這麼久，竟連一點信任都不願付出……

于承均翻身下床，走到客廳拿起電話再撥，不過這次羅教授的電話卻沒人接聽。被吵醒的葉離伸了伸懶腰，問道：「師父，怎麼了……咦？阿金還沒回來嗎？」

鬼老頭無奈地說：「真不明白你窮緊張什麼勁，要不要在他身上裝個寵物用監視器？」

于承均穿上外套道：「我去一趟羅教授那裡，要是金回來，就打給我。」

到了羅教授處所，按了半天門鈴也無回應。于承均咬牙暗罵，怎麼會剛好出門去？他想了想，將目的地轉為K大。

適逢週末，大學校園裡只見得到三三兩兩穿著睡衣和拖鞋的學生，看起來就像是剛睡醒準備去吃早點。于承均前往考古系大樓，才發現因為是假日，所有入口都大門深鎖。身為客座教授的于承均因為沒辦公室，連出入大門的感應卡也沒有。

他毫不猶豫繞到大樓後方，那後方是個杉木林，剛好能遮蔽視線。于承均踩著垃圾箱和牆壁的突起，輕鬆地攀上二樓教室外的露臺。

不過大樓裡空蕩蕩的，羅教授的研究室也鎖上了，看來他沒來學校。

于承均從二樓直接跳下，穩穩落地時嘆了口氣。羅教授這種大忙人，這時八成在哪個皇陵開挖，可惜他那時幫忙整理資料時沒注意最近的行程。

不知道羅教授的行蹤，也無從得知那些研究生的聯絡方式，難不成要報警協尋？金已是成年人了……嚴格來說他根本不存在，報警可能還會被控告妨礙公務……

于承均苦思，只好硬著頭皮找校方詢問羅教授其他聯絡電話……

他一時沒注意，和一個女生撞個滿懷。他連忙扶住女學生，忙不迭地道歉。女學生穿著居家服，腳下踩著拖鞋，一臉就是剛睡醒的樣子。她無所謂地笑了兩聲道：「教授，你還在恍神喔。」

于承均打了個寒顫。他空有博士的頭銜，其實連講師也稱不上，聽到「教授」這個稱呼讓他渾身不自在。看來這女孩也是考古系的，才會認出他。

他趕緊問道：「妳知道考古系的羅教授嗎？」

女學生一臉奇怪地看著于承均道：「他是我的指導教授啊……您該不會忘了我吧？我們前幾天一起工作過呢。」

這樣一講，于承均才赫然想起，這女孩就是那天一起在羅教授那裡幫忙的研究生之一，不過她現在臉上脂粉未施，所以他沒認出來。

「幸好遇到妳。」于承均有些激動道：「妳知道金跟誰在一起嗎？他昨天下班後一直沒回來。我想他是否睡在你們哪個人家裡了？」

「我想想看……咦？」女學生疑惑道：「昨天沒有打工啊。羅教授昨天請假，連學校也沒來，還特地打電話通知我們不用過去他那裡。金應該也沒去吧？」

于承均整個人懵了。

這……到底怎麼回事？

「羅教授跟我說，你們昨晚下班後一起走了，難道……」

「蛤？教授記錯了吧？」女學生歪著頭道：「我們昨天沒見過金啊。」

于承均深呼吸按捺住心緒，語音微顫：「……妳知道羅教授其他聯絡方式嗎？」女學生知道的不比于承均多，除了學校和住所，也只有那支無論怎麼撥都沒回應的號碼。

金失蹤了。

于承均回到家裡，告知鬼老頭和葉離這件事。

「……所以說，那個羅教授騙人？為什麼他要這樣做？」葉離擔憂問道。

「我不知道。」于承均機械性地回答。

「會不會是那個教授發現了小殭屍的身分？」鬼老頭沉吟道。

「有這個可能。」于承均沉聲道。「他應該是很早就預謀了這個計畫，昨天還特地支開其他學生，等金自投羅網。」

「他該不會真的想把阿金拿去解剖或展覽吧？」

到最後發現金的失蹤竟與看似毫無關係的羅教授有關，于承均根本不知從何下手找人。不安與懊悔交雜著無法言喻的情緒，占據了他所有思緒。

見于承均六神無主的樣子，鬼老頭罵道：「咱們沒有時間慌張了，你快仔細想想有什麼法子可以揪出這個兔崽子，那傢伙不可能一直不去學校或不回家吧？咱們站崗去，就不信堵不到人！」

于承均往自己臉上拍了兩下鎮定心情。「您說得對。羅教授也算得上是有名望的人，應該不可能放著這些東西消失。何況他的家族龐大，也不怕找不到人……那麼，我先去羅教授家裡看看。」

「不是沒人？」

「我要破門進去。金應該是在他家裡出事的，至少要找到些蛛絲馬跡。」于承均斬釘截鐵地說。

鬼老頭皺眉拍了拍于承均的肩膀，語重心長地說：「好徒弟，你可清楚盜墓跟闖空門的差別？盜墓被發現了雖然也是要坐牢的，但墓主不會報警啊。」

「那我們反告他誘拐！」葉離理直氣壯道。

鬼老頭大嘆：「你們師徒倆沒救了！」

折騰半天，鬼老頭也不願放棄這個湊熱鬧的機會，硬是跟來蹚渾水。葉離惡毒地說，要是他們闖空門被發現了，鬼老頭就可以出面動之以情，畢竟讓個百歲老兒坐牢也太殘忍了點。

三人來到羅教授的住所，葉離和鬼老頭負責把風，于承均將玻璃貼上層膠布，手肘一撞便安靜地開了個洞，再輪流從窗戶爬進去。

客廳依舊雜亂不堪。鬼老頭和葉離瞠目結舌地看著這個簡直無法住人的房子，直道這羅教授一定是研究成痴了。

于承均隨意翻了一下，那些資料都好端端地堆著，一樣也沒少。心下疑惑，本以為羅教授向學校請假之類的舉動是因為心虛，照理說應當要捲鋪蓋逃跑，現在看來似乎不是這麼一回事？

于承均思索著，一來可能是因為這些資料對羅教授來說並不是如此重要，二來就是他有恃無恐，根本不在乎別人找來……

「師父！」

葉離的驚叫聲打斷了于承均的思考。只見葉離站在樓梯旁，臉色驚恐地指著地上，卻支支吾吾說不出話。

「有、有血……」

于承均奔了過去，見到點點暗褐色的血跡時，簡直無法控制自己的心慌。他渾身顫抖往上看，連階梯上都濺了血，還有拖曳過的痕跡。從腳下的資料和血跡一片狼藉來看，應該是從上方拖下來造成的。

鬼老頭嘖了聲道：「沒想到這個羅教授也是個硬底子，殺了人連血也不擦。」說著就邁步上樓。

于承均強打起精神自我催眠著，顫巍巍地跟了上去。金一定沒事的，那時好幾顆子彈打在他身上都沒見血，這應該是其他人的血……

到了二樓，他們立即就明白這裡應該是第一現場。靠窗的一張桌子旁，地上一大灘的血泊看起來怵目驚心，整個空間散發著股令人作嘔的鐵鏽味。

鬼老頭見于承均發著愣，嘆口氣道：「我想這應該是……你也別太難過，我想他不會這麼容易嗝屁的……」

于承均蹲了下去，用手摸了摸尚未乾透的血。若依顏色推算時間，這血跡的顏色看起來相當陳舊，已成灰褐色了，卻未完全凝固。于承均心裡肯定，這比常人暗了許多的血……無庸置疑，是金留下的。

沒見到金的屍體讓他稍寬心一些。看來羅教授應當是用了粗暴的手段抓住金，但並未馬上置他於死地……也或許他殺了金，已經將屍體處理好了……

于承均咬緊牙關，忍著沒讓自己的情緒爆發出來。不過，無論是鬼老頭或是葉離都看得出來他臉上的徬徨與哀慟，以及更多的自責。

是他親手將金推入這個一去不回的深淵……于承均再次為自己的魯莽和自以為是感到後悔。他竟然選擇相信不甚熟稔的羅教授，也不願相信對他付出真心的金……

他無暇思考羅教授的動機，現下盤踞在心裡的只有一個念頭：若是再也見不到金，他該怎麼辦？

直至現在，他才曉得金在自己的心中所占分量是如此龐大。雖然自己總像個老媽子般愛操心，但從未真的想過金會有離開他的一天。

金是個不老不死的殭屍，不吃飯不會死，就算被子彈貫穿身體也不會死，所以于承均從未想過金再度變回一具冰冷屍體的情況。

現在，有可能失去金的痛苦卻扼得他無法呼吸，心臟像是被攫住般讓他恐慌不已。他尚不清楚自己對金抱持著什麼樣的感情，可能是像對葉離和鬼老頭一樣的家人之情，但又有些不同，說不定是像寵物一樣，相處過後總是會有感情……

金的存在，對他來說又是什麼？雖然不清楚這種感情為何，但他可以確定的是，金也是他很重要的人。

于承均握緊拳頭，沾了乾涸血塊的指尖刺進手心裡。他一定要找到金，並讓傷害金的人付出代價！

第一次見到于承均露出如此猙獰表情的葉離，知道師父是因為阿金才展現出這種面貌。若是他失蹤了，師父一定也會焦急地尋找。但他明白，師父對金的感情和對他不同。他並不討厭金……好吧，或許有一點點……而他也同樣擔心著金的安危，另一方面又無法遏止源源不絕的醋意，心中五味雜陳。

「好徒弟，你打算怎麼做？」鬼老頭問道。

「現下只能從羅教授家人著手。」于承均起身，「他家族龐大，不怕找不到人。」

「要是他們也不曉得羅教授的行蹤？」

于承均冷笑：「那就讓羅教授親自出面。我不信家人被挾持了，他還能保持沉默。」

鬼老頭皺了皺眉道：「犯不著做到這樣吧？這可是要坐牢的。」

「那誰來為金討公道？」

鬼老頭厲聲道：「小殭屍不是人，就算殺了他也無法可辦，你可要好好想清楚……」

「我想得很清楚。」于承均沉聲道，表情陰狠，「我向來是錙銖必較、睚眥必報，如果誰傷害了金，我也要讓他付出同等代價。金對我來說不是從墓裡盜出來的殭屍，而是活生生的人。他在世上唯一的家人就是我們，我們不護著他，還有誰會護他？」

鬼老頭支吾半天，心想何時將于承均養得這麼偏激了，但也只能啐道：「你怎麼比我這老頭子還糊塗？」

于承均也明白自己正怒氣當頭，實在無法權衡其中的風險利弊，時間緊迫，拖拖沓沓地只怕金無法撐這麼久。

「你們先回去吧。剩下的事我一個人去辦。」于承均毅然地說。

葉離正想反駁，鬼老頭卻做出噤聲的手勢。

「你們聽。」鬼老頭小聲說道：「樓下有聲音。」

于承均側耳傾聽了一會兒，再躡手躡腳走到窗邊。藉著窗簾的掩飾，他看見樓下一臺轎車正倒入車道。他輕掩上窗簾，轉身對鬼老頭和葉離道：「看來不用費事了，現成的人質就在樓下。」

「那勞什子教授回來了？」鬼老頭疑惑問道。

于承均從細縫探頭看後回道：「不是。」說完，他走到樓梯口，輕手輕腳地走了下去，剛到樓下，便聽到開鎖的聲音。于承均貓著腰，躲在一排箱子後窺視。

這個人開了半天才打開了門，一進來便東張西望，一副做賊心虛的樣子。

于承均見這男人約莫四十歲上下，長相有些猥瑣，行跡可疑，實在不像是羅教授的人。他心想道，羅教授該不會在同一天遇上兩次闖空門的？

那人在一樓東翻西找，都只是大略看過一下，值錢的古董一樣也沒取，卻只將書一本本打開，看來這個人要找的東西並不是財物。

……既然不是一般的小偷就好辦了。于承均本想說，要是竊賊就讓他偷個乾淨再離開，看樣子這個人應當和羅教授有關係。

那人翻了半天，然後環視周遭，看到堆得像是書庫一樣的凌亂屋內，唉聲嘆氣道：

「怎麼沒電腦之類的？這樣要找多久啊？」

男人瞥見往二樓的樓梯後，猶豫了一下，放下手中的書走了過來去。待他走到于承均藏身的箱子前方，堆得像堵牆似的箱子突然垮下，排山倒海地壓下。

一時間塵土飛揚，男人甚至還來不及發出聲音就被箱子活埋了。

于承均示意讓鬼老頭和葉離下來，然後搬開箱子。

對著被砸得頭暈目眩的男人，于承均一腳踩上他胸口，葉離也機靈地將這個倒楣鬼的手壓住。鬼老頭搜了搜他的身體，沒發現任何武器。

中年男人看著氣勢洶洶的三人，只能邊發抖邊求饒道：「我、我不是小偷……」

「是羅教授派你來的嗎？」于承均問道。

「是、是的……」男人點頭如搗蒜說道：「老爺擔心少爺您的安危，所以派我來看看，我只是個司機而已。沒想到少爺您竟然在家裡……小的真是罪該萬死，沒查清楚就這樣擅闖，請原諒小的魯莽……」

于承均眉頭一皺。這傢伙該不會把自己當成羅教授了吧？說起來，一般人大概不會想到在屋子裡的「屋主」竟然也是闖空門進去的……

聽男人的說法，他曉得這裡是羅教授住處，卻又沒頭沒腦地說些老爺少爺的……

「好徒兒，我記得羅教授的老子也是個教授，這傢伙應該是老羅教授派來的吧？」鬼老頭以唇語對于承均說道：「他以為你是羅教授，說不定我們可以利用這個機會。」

于承均沉吟了會兒，對著男人道：「羅教授為什麼派你找我？」

聽到少爺稱呼老爺為「羅教授」，司機也未露出奇怪的表情……由此可見，羅教授與老羅教授之間應當不是很和睦。

司機顫抖道：「我剛來幾個月，實在不清楚你們祖孫之間的問題……只知道老爺一直密切注意著少爺您的行蹤。今早監視……呃，應該是說老爺派來暗中保、保護您的人，回報說昨晚跟丟了，直到今早都沒見到您回來，老爺才讓我來看看……」

鬼老頭在心裡暗罵，原來老羅教授是祖父而不是父親，不過話說回來，這個做爺爺的也管太多了吧？

于承均眉頭一皺，查覺事情並不單純。羅教授的父親和祖父皆是在考古界頗有盛名的大人物，記得沒錯的話，他父親應該已過世，祖父也早已退休了。為何羅教授的家人要監視他？就算是過度溺愛，做到這種程度也太離譜了。

唯一的可能，就是擔心羅教授會做出什麼事？于承均尋思，他們家人之間到底有著什麼樣的祕密？看樣子，就算去問老羅教授大概也不曉得羅教授上哪去了，但或許可以釐清一些疑點……

于承均移開腳，對司機道：「我跟你回去，有些事想問問我親愛的祖父。」

司機馬上苦著臉哇哇大叫道：「少爺，千萬別提我說出老爺派人監視您的事啊！這事不能說的！」

「你這不是全說出來了？」鬼老頭瞪著眼道。

司機囁嚅道：「這……為了保命，小的不得不出此下策，請少爺高抬貴手啊。現在工作難找，我上有高堂、下有妻小……」

「好了，我不會說的。」于承均不耐煩道：「現在帶我回去。」

——《殭屍先生的愛 100% 純天然不含防腐劑喔！．上》完

高寶書版集團
gobooks.com.tw

輕世代 FW247

殭屍先生的愛100%純天然不含防腐劑喔！・上

作　　者　胡椒椒
繪　　者　zgyk
編　　輯　林紓平
校　　對　林思妤
美術編輯　彭裕芳
排　　版　彭立瑋
企　　劃　姚懿庭

發 行 人　朱凱蕾
出　　版　三日月書版股份有限公司
　　　　　Printed in Taiwan
地　　址　臺北市內湖區洲子街88號3樓
網　　址　www.gobooks.com.tw
電　　話　(02) 27992788
電　　郵　readers@gobooks.com.tw（讀者服務部）
傳　　真　出版部　(02) 27990909　行銷部 (02) 27993088
郵政劃撥　50404557
戶　　名　三日月書版股份有限公司
發　　行　英屬維京群島商高寶國際有限公司台灣分公司
　　　　　Global Group Holdings, Ltd.
初版日期　2017年 9 月
十四刷日期　2022年 2 月

國家圖書館出版品預行編目(CIP)資料

殭屍先生的愛100%純天然不含防腐劑喔! / 胡椒椒著.-- 初版. -- 臺北市：三日月書版股份有限公司出版：英屬維京群島高寶國際有限公司臺灣分公司發行, 2017.09-
面；　公分. --

ISBN 978-986-361-439-5(下冊：平裝)

857.7　　106012038

三日月書版

三日月書版

GOBOOKS
& SITAK
GROUP©

GOBOOKS
& SITAK
GROUP©